一生痴绝处

王灵芝 ◎ 著

吉林出版集团股份有限公司

图书在版编目（CIP）数据

一生痴绝处 / 王灵芝著. ——长春：
吉林出版集团股份有限公司,2019.10（2022.1重印）
ISBN 978-7-5581-7866-5

Ⅰ.①—… Ⅱ.①王… Ⅲ.①游记-作品集-中国-当代
Ⅳ.①I267.4

中国版本图书馆 CIP 数据核字（2019）第 270001 号

一生痴绝处

YI SHENG CHI JUE CHU

作　　者	王灵芝	
责任编辑	陈佩雄　孙璐	
装帧设计	张玉兰	
开　　本	880mm1230mm　1/32	
印　　张	8.375	
字　　数	204 千字	
版　　次	2020 年 7 月第 1 版	
印　　次	2022 年 1 月第 2 次	
出　　版	吉林出版集团股份有限公司（长春市人民大街 4646 号）	
发　　行	吉林音像出版社有限责任公司 吉林北方卡通漫画有限责任公司	
地　　址	长春市绿园区泰来街 1825 号　邮编　130062	
印　　刷	南通彩虹印刷有限责任公司	

ISBN 978-7-5581-7866-5　定价:49.80 元

放歌天地间

童地轴

认识王灵芝、王伟姐弟俩已经有好几年了。他们生于安徽，随父母在甘南藏区度过了少年时光。姐弟二人都颇有文艺范儿，姐姐爱好文学、旅行，弟弟喜欢绘画、写诗。因为我多次去过藏区，也到过甘南，所以与他们交流的话题也就多了起来。

记得那次参加王灵芝《关山相隔》首发研讨会，得知她在她的家乡影响颇大，那次研讨会上政府官员、文艺界来了好多人。后来又读到了她的藏区行走笔记《面向珠峰》，深知王灵芝是个爱好旅行的人。记得有人说，旅行是一种病。一旦染上了，再也无法摆脱。当王灵芝的新书稿《一生痴绝处》摆在我面前时，我感觉她肯定又在路上了。

我也是个极爱好旅行的人，走的越多越远，越觉得这个世界要比想象中宽阔得多，只有一个人在旅行时，才会听得到自己的声音，也才会静心地解读自己的内心。人生的出口很多，就像旅途中的各个路口，只要有一双健康的腿，不必经过任何人同意抬脚就能启程！这样的人生或许才是真正的人生。我曾经在川藏线上遇到安徽蚌埠年过七旬的老两口,骑着自行车走川藏线,从蚌埠出发,走了40多天,到了川西高原的理塘,两人在停歇间,互相传递着饮品与食物,茫茫的雪山在远处,长长的车队在前方,那时那刻,我真的体验到了旅行的意义。

《一生痴绝处》中,王灵芝到过的地方大多我都走过。安徽境内的九华山、太平湖、大别山以及徽州诸地,还有甘南、三峡、太行山等。所到之处,她都在不停地探寻并体验旅行的意义。"静坐了良久,又在溪水里玩耍了了良久。前面更远处,转过一座座山,会有美丽的双潭出现,说是在洁白完整的石床上,两泓深不见底的潭水,翡翠般并排依偎着青山。"这是她在《岳西净土》中的一段文字。每个人的心中都有自己对旅行的定义,将自己融入山水中,随心所欲地吸吮旅行中获取的养分,飘过一丝不一样的感受。这便是旅行的意义所在。

记得歌德曾经这样说过,"我们的生活就像旅行,思想是导游者,没有导游者,一切都会停止。目标会丧失,力量也会化为乌有。"反过来,我们是不是也可以理解,旅行就像生活。一个人走了多少路,去过多少地方,见过多少风景,这些都不是最重要的,重要的是在旅程中想到些什么,归来后你若隐若现地感到改变了什么。这就是歌德说的所谓的思想。想起歌德这番话的时候,我看到王灵芝在《同登彼岸》游览普陀山一文中贴出她和儿子在海边拥抱的照片,"紧紧搂抱了我血脉相连的孩子,我必须以身作则,勤劳善良去修行,修得一世的母子、母女情缘!就在这岸边端坐,修心、静心,茫茫大海浩渺无涯……回头是岸,回头也已是沧海……"其实,旅途中的风景不仅仅是目的地,风景一直是在路上,旅行也不仅仅是前往某个目的地,旅行更应该在感受沿途的人和事,那些曾经发生在这片土地上的点点滴滴以及行走者的内心。看到王灵芝的话,读者一定会体会到,旅行,何尝不是一种修行呢。

记得有一次,我在澳洲,一位外国朋友问我应该如何旅行才能完全领略澳洲风情。我告诉他"乘车,在大地上奔驰,或者,一直徒步而行。"那位老外看着我好奇地问,"您的目的地是哪里呢?您要到哪里去呢?"我说:"到哪里是哪里,行走本身就是目的,就是一切。"就像英国作家阿兰·德波顿在《旅行的艺术》一书中表述的那样,德波顿笔下的旅程不是一般的行走,而是一段遥远的心路历程,串起所有文字间智慧和才华的不只是一路风景,而是波德莱尔、福楼拜、洪堡、华兹华斯、梵高和罗金斯等大师与德波顿这位才子在灵魂深处的共鸣而产生出的心灵悸动。跟随他的脚步,一路风光,一路思想,可以开始一路哲性的思绪之旅,一路穿越时空的文化之旅,一路滋长智慧与静谧的艺术之旅。《旅行的艺术》这本书划出了旅行的等级。然而,这种等级并不是由线路的豪华和支付经费的多少来决定的。

"风清凉地吹着,弟弟带着白发父母等候在湖边,看我。我们血脉相连,我们活在这个世上不是为了我自己的喜怒哀乐,每一个人都有责任在肩,你没有理由不去奋进不去好好地活下去。世上最难的是活着,最简单的是死去。"这是王灵芝在《让生命铭记这一回》里,一句简单的亲情话语。她在徒步,母亲带着弟弟在看着她,然后想到了生与死这一理性的话题,这不禁让我想到了毕淑敏认为旅行能使我们人性中温暖的因子弥散开来这一深刻内涵。

旅途的确就是生活,长途跋涉中,也有困厄和风雨、艰难和险恶。我们难免也会遇见坎坷,但是因为这些坎坷,我们多了一份思考,多了一份温暖的慰藉。"在大风泥泞中,我们前后单行翻越了一座山坡,行进间,前面一女士突然滑倒翻滚下山,我惊愕地瞪眼看着她翻滚了一次,背包垫住了她的身体,没有继续下滚,她身边的男士们用登山杖把她拉了上来。我们亲眼看见她翻滚那一下,所有的人都无能为力,看着深不见底的雨雾山下……"。这是王灵芝在《壮美武功山》一文中记述的不经意间的一次危险。尽管千难万险,但是我们总能从旅行中汲取一些营养来。正如蒙田所说:"旅行在我看来还是一种颇为有益的锻炼,心灵在施行中不断地进行新的未知事物的活动。"

王灵芝的《一生痴绝处》收集了她的几十篇行走笔记,记述了旅途中的山水景观和朋友情谊,也记述了她那诗意的收获和心灵感悟。无论是水墨徽州,还是大漠风情,无论是田园赞歌,还是意外惊魂,她都真实地不折不扣地将记忆化成琼浆,与读者分享,就像她在后记中所说的那样,"一路行来,不羡权贵,不慕繁华,眼前有山水,身边有亲情,生活有诗意,心中有远方。"

有了诗意,有了远方,生活才是美的。在无限的风景中行走,在遥远的天地间放歌,这是一种何等的人生境界。清朝皖人张潮著书《幽梦影》,曾曰"文章是案头之山水,山水是地上之文章"。在此,祝愿王灵芝写出更多的山水美文,以飨读者。是为序。

(童地轴,英国 IATEFL 国际年会访问学者,菲律宾圣卡洛斯大学访问学者。中国作家协会会员,中国文艺家评论协会会员,安徽省外国文学研究会副秘书长,安徽省文艺家评论协会理事。)

一生痴绝处,携梦踏神州

罗会松

中国明代戏曲家、文学家汤显祖有诗曰:"欲识金银气,多从黄白游。一生痴绝处,无梦到徽州。"安徽女作家王灵芝女士摘其金句作为自己游记文集的书名,贴切雅致。通读、研读这部书,作为一个摄影、文学爱好者,愚窦云开,茅舍春暖。

第一次了解王灵芝女士是一次募捐活动。阜阳一个女作家罹患绝症,王灵芝和一些阜阳文坛领袖不辞辛苦,广为募集。我捐了一千元,王灵芝女士代为收下。另一位诗人石泉因病去世,王灵芝在网上发布了消息,文友纷纷写诗悼念,我也情不自禁的写了一首。没想到王灵芝不顾困难重重,把逝者和悼者的文字做了艰苦的整理、校订工作。石泉的作品终于结集出版。她和肖炳华主席召集全市很多作家参与了石泉作品的座谈会。看到会场上座无虚席,少长云集,井然有序,庄严肃穆;看到王灵芝女士声情并茂的主持和诗朋文友的积极参与;看到我的作品也收到了文集之中,我被这样一个弱女子深深的折服,被这位才女、义女、暖女深深感动。

面对这样一位令人敬重的女子,通读拜读这本厚厚的游记著作,我不知道如何发自内心地去赞美,不知道如何着手才能写出自己的心得。最后,我用几个"有"予以拙笨的表达。

书里有"我"。通览全书,透过字里行间,可以看出作者是一个热爱生命、热爱生活、热爱自然、热爱文学、热爱旅游的人;是一个珍惜亲情友情、懂得爱、懂得感恩、重情重义的人;是一个有知识、有文化、有才华、有情怀的人;是一个有独立意识、有团队精神、乐观自信、敢于冒险、刚强不屈的人;是一个懂得包容、怀揣善良、达观超脱、大道至简的奇女子。在她的作品里看不到叹息、眼泪、抱怨、孤独、退缩和人际的勾心斗角。而是玉洁冰心,和风徐徐,春日暖暖,其乐融融,情谊浓浓。她本是一名外语教师,历尽艰辛把一双儿女培养成人。在书里透过的只言片语可以感觉到她的韧性和坚强。

这部书里有"一群人"。这群人里有文友、有驴友。在王灵芝的笔下,他们都是个性和共性的统一体。一个动作、一个眼神、一抹笑容、一个不经意的细节,让书中人呼之欲出,棱角分明,有血有肉,触手可及,各不相类。这得益于作者高超的观察能力、扎实的写作功底。说她的笔下的人物具有共性,是因为这些人物都心地善良、慷慨仗义、和衷共济、亲如一家。这部书的任何一个章节,都能让读者感受到毫不做作,毫不虚伪的爱意、暖意。你感受到的不只是山水花木的美丽,还有人与人之间的和谐美好。这也许是物以类聚、人以群分的原因,也许是作者的内心单纯善良的缘故,所以,透过她的眼睛和秀笔让读者看到的都是人间大爱,没有奸邪欺诈。

这部书里有大自然的美好画卷。书里有净土岳西、烟雨九华、云台古道、烟波普陀、如画西陵、清江竹海、花海荆门、壮美武功、巍巍太行、抱犊天梯、仙境婺源、太平风月、水墨塔川、艳美甘南、绝美金寨、逶迤沙漠、清丽杭州、秀丽颖河、百年文峰……作者每到一处,观山则情满于山,观海则情溢于海。用眼看,用鼻嗅,用耳听,用舌尝,用手触,用心感受,用相机拍照,用笔书写。看每一篇文章,你感受到的不只是作者的文笔优美,更能感受到一帧帧的画面之美。你会跟着作者爬山,随着作者观景。这种描摹功夫得益于作者深厚的文学功底,更来自于作者内心的激情和对祖国山河、对大自然的无限热爱。也许是我的错觉,在字里行间,我看到了更深沉的东西,那就是宣泄。作者把自己的坎坷,自己的悲愤,自己的压抑,都倾泻在她的脚下,融注在大自然怀抱之中。她在释放、在倾诉、在超脱、在升华。我敬佩作者,我还能感受到作者身上的悲壮和崇高。

这部书里有知识、文化和哲理。书中有地名、花名、草名。有历史、有传说、有地方人物、有人物故事。这些故事在作者笔下饶有趣味,一波三折,令人感动,发人深思,极具教育意义。书里有古今诗词歌赋,也有作者自己写的诗词歌赋。尤其作者的诗词非常古雅,又有现代元素,让你惊叹。作者引诗和作诗简直是信手拈来,天然浑成,恰到好处。你简直不相信这是一个外语教师写的。作者从小到大不知道背了好些古诗文、写了好些文章才有如此的深厚积淀。作者写出了自然山水、人工场景、民俗风貌,写出了他们的形声、色味、情态、特性、给人以新鲜的文化体验。另外,书里还有许许多多登山的知识、旅游的知识、生活的知识、天文地理知识,不一而足。作者文化的深厚,知识的渊博,让人叹服。还要提到一点就是这部书处处充满哲理。比如"让灵魂跟上脚步","放弃就是重生",举不胜举。这种哲理和旅游情节紧密关联,天衣无缝,让人回味无穷。

就游记散文来说,这部书有章法,堪为典范。作者采用了中国古典小说章回体的写法,景点之间有章,每个景点分节。这样便于组织材料,便于阅读。写着不累,读着也轻松。而且,环环相扣,吸引读者,柳暗花明。在当今"人人都是摄影家"的时代,作者还拍下了许许多多精美珍贵的图片,图文配合,相得益彰,给读者留下深刻的印象,给读者多元的审美享受。作者不是一般的游客,她和她的伙伴们往往在进行一次次的冒险行动。过程充满着危险、艰辛和磨砺,有一种"无限风光在险峰"的境界。作者文笔生动,描写逼真传神,绘声绘色,读者能够感受到境界的险恶,游者心脏的跳动、脉搏的律动,手里捏着一把汗。同时,也为驴友之间的合作,特别是男性的砥柱作用,以及突破艰难的喜悦而倍感欣慰。这种艺术效果与作者的"游"和"记"有关,更与她的观察和表达能力密切相关。作者的语言准确、生动、流畅、轻松,富有诗意,带有哲理。这种文字本身就像一缕清风、一片月光、一泓清泉、一首班得瑞乐曲。作者在交代游踪方面,游览的名称,游览的时间、地点、天气、心情、情景,游览的路线,景点的布局,景物的位置,一清二楚,线索分明。移步换景,定点远近高低的观察,视点的方位顺序一丝不乱。这与作者思路清晰、逻辑严密,能够宏观把握景点,能够整体驾驭文章材料密不可分。在人文储备方面,作者可谓居高临下,游刃有余,如数家珍。在文章中随意驱遣史料、传说、古文、诗词,使读者加深了对景点的理解,也增加了知识含量,更增加了文章的文化分量。在表达方面,作者记叙、议论、描写、说明、抒情随意穿插,水乳交融。

最后让我用曹植的《灵芝篇》结束此文。"灵芝生王地,朱草被洛滨。荣华相耀晃,光彩晔若神。"读此书,若得灵芝仙草,可疗病痛,可益延年,可广盛德,可光才华。

(罗会松,安徽颍上人。颍上一中高中教师。安徽旅游学院国学教师。颍上文艺评论家协会主席、阜阳市诗歌协会副主席、阜阳市作家协会理事,安徽省作家协会会员,安徽省写作协会理事,安徽省管子研究会会员,中国散文学会会员、安徽省罗氏宗亲会常务副会长和文化副会长。阜阳好人。多次被阜阳师范学院、淮南师范学院、安徽师范大学聘请为实习导师。)

目　录

岳西净土

山水两相依

做片逍遥的云
飘然到岳麓群山
绿韵在眼前在天际起伏蔓延

几只美丽的鸟儿
炫耀地飞在眼前
数点缤纷的花儿就是群山的笑颜

山水两相依
水一路欢歌绕山极尽缠绵
山轻揽碧水日复一日静默相看

山水两相惜
将相守融入无尽卵石漫道黄沙
将执念化作青青碧草渺渺云霞

从春天出发
唱着长河落日圆的歌谣
我们去驻足天涯

如此自驾

　　岳西县位于皖西南边陲,大别山腹地,因位于古南岳之西而得名。境内群峰逶迤、林壑幽深、四季见景、气候宜人。集丰富的自然景观和人文景观于一体,是一座保存发育完好的天然"大花园",被列为国家生态保护示范县,是安徽省的旅游资源大县。五一假来临,我决定到岳西黄尾镇去看看那里的山水。

　　我学开车已经两年多了,胆怯、刮擦、碰撞,哭过无数回,也只是在市区或乡间转悠,从没上过高速。这次同行者四人中有一位专业司机宇哥,他说这条线车辆很少,可以由他陪同,让我自己练习上高速。就这样,驾驶着我心爱的小汽车,中午我们出发!车辆果然很少,平坦的高速任我驰骋,从平原到山林、到不停地穿越山洞,青山绿水给了我们极好的情致,车速不知不觉达到了120。出发时知道是去岳西,在一个高速分叉口,我看到了直行是黄尾镇,右转是岳西的指示牌。车减速到一百,到八十,我刚进入右转道,后排座的老石立即大声说错了,要直行。我立即转方向要直行,差一点撞到岔路口的圆墩上,车晃了一下,我稳住方向盘没有翻车!幸好后面没有直行的车!宇哥吓得直瞪眼,我也心跳加剧:后面两位,你怎么知道本女士驾车的技术呢?下次不打听清楚就不要坐别人的车啊!

　　去黄尾这一路没有服务区,也只能我开了。很快天黑了,我们继续钻山洞,继续盘旋,终于下了高速,来到了黄尾镇。老石预定好了农家乐,在他的指引下我一路前行,左转右拐的都是山路,有的路面很窄,起伏也太大了。我内心胆怯地问还有多远,说很快就到了。呵呵,结果是很长时间山路总算到了目的地。

　　五谷农家乐是一座依山傍水的三层小洋楼,干净整洁。主人早就备好了饭菜，我们四人，一只山野鸡、一盘黑猪肉、几样新鲜的山野菜，主人说有自家酿造的米酒，我闻了闻，品尝了一下，感觉到一种山野的泉水混合着泥土、山花的清香。要了几小碗，听着潺潺的山泉，品着野味，这是从一个世界来到了另一个世界，这世上有什么能比山水之情更惬意的呢？

酒意半酣，安排好了房间，我们要去夜色里漫步。沿着来时的路，我们慢慢前行。五月的岳西夜风仍有寒意，一轮圆月高悬于天宇，清清凉凉的光辉遍洒山野。山溪不知疲倦地流淌着。假如有人着素衣在这水边鸣琴一曲，难道不是真正的《高山流水》吗？这山路沙石路面很窄，一边是山，一面邻水。靠山的路边开满白色的豌豆花，泉水就在花边叮咚。东望：连绵远山蓊蓊郁郁，近处山野雪白一片，是明月的光辉改变了什么？就是大片的豌豆田也不可能是这般洁白如雪呀！好奇心驱使我们过去，原来是大片的荞麦花！蓦然记起白居易的诗句：独出前门望野田，月明荞麦花如雪。盛唐的岳西也就是这般的山川，多少诗人吟咏而去了，山水依旧，花亦如雪，明月依然朗照四野……

彩虹瀑布

佛教名山遍布山川。黄尾镇的彩虹瀑布景观为华东一绝，颇负盛名。瀑布自猴子崖飞泻而下，气势磅礴，吼声如雷，山水撞击岩石，水花四溅，犹如喷雾行云。阳光透过水雾呈现出一道道绚丽的彩虹，游人身临其境，人行虹移，似有梦幻感觉。因猴河来水量大，四季不涸，无论春夏秋冬，凡有太阳均有彩虹奇观。站在不同方位的观景台上看到清澈的河水撞击岩石，阳光透过水雾，真的呈现出一道绚丽的彩虹。相传牛郎在对面的草山上放牛，在猴河峡谷里巧遇织女并成就了一段令人嗟叹的神话传说。他们一年一度相会的彩虹也成为人们心中无限美好的象征，猴河上大别山彩虹瀑布因此出名。今天的行程是去遥拜彩虹大瀑布。

老石夫妇是虔诚的佛教徒，一宿无话。天还未亮，他们就喊我一起去爬山，说要在日出之前，面对彩虹瀑布，许下心愿，才会灵验。老石拿着手电筒，我紧紧跟在后面。爬山不怕，怕的是别出现蛇呀之类的动物！山林里黑漆漆的，没有一丝风，听不见鸟鸣看不见花开，偶有小虫子呢喃一声也会吓我一跳。老石来过无数次吧，他说没有野生动物，只要心虔诚，什么也不用怕！我们就这样在山林里钻了很久，黎明时分，到达一个高山平台前。这里建有简易的凉亭，看来是有不少人在此叩拜过。

瀑布自山顶倾泻而下，直坠谷底，轰鸣声隔着山谷传来，气势很是壮观！我们面向西南方向，遥遥拜望神圣的彩虹瀑布，默默许下一份心愿。老石说，太阳出来，霞光万道，水雾就会在瀑布前形成美丽的彩虹。

王灵芝 ◆ 著

各人的心思我们不必去猜想，沐浴在朝霞中的山川，翠色无边，抬头望望山顶，还是上去一览群山吧。我和宇哥先上，老石要自己寻找药材。我们沿着林间小径慢慢穿行，山头本来看着不远，爬了很久还是一个山坡接一个山坡。宇哥没登过山，我实在着急，就一个人先行，过一会儿再呼唤他。边走边玩，可以捡几颗松果、几颗栗子；可以欣赏偶尔的几朵红杜鹃。因为错过了繁盛的花期。这样，很快我登上了山巅。在一个悬崖边，对着连绵群山、幽深峡谷，我以最高分贝的声音，向着天地呼喊！我本一草木女子，没有经天纬地之才略，只想尽心尽力做一个平凡平淡的女人啊！

下山的路，对我来说，比登山快速省力多了。但宇哥说他的腿不好,他需要慢慢下,让我先下山。过了一会儿,我听不到我呼喊他的回应声,打电话,才知道他还在很远的地方,心脏不太好了!天呀,我不得不折返山上,见他在一个大石头上休息,大汗淋漓!我也背不动人高马大的他呀。只能扶着他,慢慢往山下移动了!

生活让我走过一道道沟坎,一次次摔倒一次次爬起。上天给了我健康敏捷的身体,让我有资本可以一次次爬起来!我可以登上山巅,我可以走进峡谷,我可以驾车走过我从不敢想象的山路,我可以自己赚钱养活自己的孩子,我可以在我的教师岗位上播撒我的爱心……如今我融身在弥漫着佛教气息的青山绿林里,遥拜了神山圣水!放下,只有放下,才能拿起!

风景大峡谷

大别山彩虹瀑布风景区方圆40多平方公里,是集峡谷、瀑布、丽水、文化为一体的山水景区。最为著名的就是梦幻彩虹瀑布和原生态猴河峡谷,还有历经猴河与黄尾河交汇后洪水冲刷而形成的许多河心洲、小岛,从而组成了数千米的山水画廊。受驴友指点,中午我们出发去附近的风景大峡谷。

因为是白天视线好,我不敢在山路上开车。真切理解了"无知者无畏"这句话,昨晚开车是因为我根本看不到危险!宇哥是老司机,在盘旋的小山道上,他不停地鸣笛前进,和一辆小卡车会车,他也是自己倒回到平坦的地方,让卡车先过。我说下车徒步进谷口,他则说自己腿不好,还是开到实在不能开的地方为止。就这样心惊胆战地终于来到峡谷口。我们徒步前进。

水电站建在峡谷入口处,我们喊出看守的老人,每人付了十元钱,他打开一道门,我们才能翻越栅栏,穿过激流进入峡谷。必须沿着水流边卵石上行走。现在正是雨季吧?水流很急,哗哗地撞击着卵石,这是大自然最好的音乐。时而空山翠林里会传来几声鸟儿的啼鸣,是在呼朋引伴吗?

　　我细心踏在每一个卵石上,小心卵石圆滑,以免扭伤了脚。宇哥腿脚不好,能陪着我进峡谷已经是极大的难得了,我自己是无论如何不敢进峡谷的。山林茂密幽深,山民说会有野猪出没,但老虎、豹子是没有的。我其实是对这份空寂的恐惧吧。

　　进入峡谷深处,也同样是两岸青山,同样是潭深水急。这里没有任何人为的痕迹,一切都洁净到纯粹!阳光暖暖地照着,我们走累了坐在卵石上路餐,就着这山泉水,望着这两岸青山。可以在此一洗昨日的烟尘,抛开该抛开的一切,修得一份出世的云水禅心!

　　静坐了良久,又在溪水里玩耍了良久。前面更远处,转过一座座山,会有美丽的双潭出现,说是在洁白完整的石床上,两泓深不见底的潭水,翡翠般并排依偎着青山。河床远观不似岩石,到真正的是皑皑冰雪了,翡翠映白雪,清爽至极!既然来到了这峡谷里,这样的妙景怎么能不去一观呢?鼓励着宇哥继续顺水前进,果然,我惊喜地看到,前方一定是驴友们所描述的双潭了。

　　山水自南向北缓缓流淌,这一段并没有很多卵石,而是被水流洗刷过的洁白的整体岩石。潭水不是飞花溅玉,而是温婉平静,两潭水紧紧相连,一潭的水静静流到另一个潭里,而后再缓缓北下,汇入河流。从不同的角度,光的照射,潭水或碧绿、或翠绿、或墨绿,变换着不同的色调,而潭边的岩石,分明不就是白玉盆吗?不

王灵芝 ◆ 著

敢亵渎,在两潭水的出水处,捧起清澈的潭水品尝,甘甜可口,洗了脸,同时也洗去了汗水和疲惫!

仰望蓝天,看云卷云舒,听空山寂寥。惋惜怎么没带一套古装来,此地长袖一挥,便是前世的风雪,谁曾携我至此净土?千年的禅悟,化作翡翠双潭,假如一个是我,那么另一个会是谁呢?

两只洁白的鸟儿在水边飞过,呀的一声,飞向高远的晴空,飞向山的那一边了……

忘 忧 草

微风渐起
忘忧草依着荷塘
五色的发簪挽起
袅袅的腰身只一转
便尽是陈年往事

几只蝴蝶从发际飞过
蝶翩飞你轻舞
你说含泪的美让人痛
忧郁的美让人痴

长袖一挥
蒹葭苍苍的女子
人面桃花的女子
沉鱼落雁的女子
十里笙歌的女子

王灵芝◆著

宛如眼前的女子
草木之质
倾心相依草丛中
含笑捧出两个字——忘忧

8

佛国圣地　烟雨九华

清晨细雨霏霏,九华圣地,群山耸翠,点点红叶缀其间;云雾缭绕,淙淙山泉奏梵音。

拥抱山川,豁达在我心中;拥抱善良,美丽在我心中;踏上净土佛国,淡然在我心中。

花台大佛静默在苍山绿水间,俯瞰人间万象,教化万物生灵。佛在心中,不管缘深缘浅,真善美都会在心中滋生。

拿不信任的眼光看别人,收获的是不信任和孤寂,拿善良的眼光看世界,会收获温暖和友谊。

我们一行三十多人,从云山小屋客栈出发,说说笑笑,前呼后应缓慢前行。登上山坡,看远方云雾缭绕,群山叠翠;看身后香烟人家,阡陌村落。这是一个鲜活的世界,眼前的清澈,让我心神为之清爽,感觉远离喧嚣,本我回归。

一行人众多,前有云山小屋的主人开路,后有领队毛先生断后。每到一个岔路口,前面的队友会用登山杖在路口画出前进的箭头,会把枯枝横放在不走的路口。雨湿路滑,前面的会提醒后一位哪儿不能走,哪块石头不能踏。男士会在危险的地方向女士伸出温暖有力的手并附上提醒的话。在忙碌的城市里,也许有人会斤斤计较,在这纯净的山林里,每个人表现的都是友爱、团结、互助。人性的温暖在风雨中的九华圣地传播。

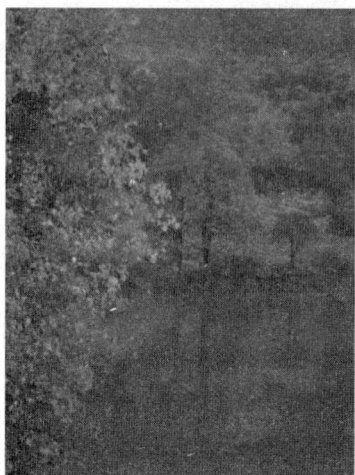

脚踏松软的厚厚枯叶、或布满苍台的石阶、或极为湿滑的原木小桥。这感觉是脚踏实地的,融入自然,天、地、人合一。褪去浮华急躁,淡然在心头升起,往日的城市喧嚣和疲惫荡然无存。今日,一路风雨,一路相扶,一路欢歌。

有人带了随身听,刀郎苍凉的声音在山谷里荡漾开来:一眼望不到边,风似刀割我的脸,等不到西海天际蔚蓝,无言着苍茫的高原。还记得你答应过我不会让我把你找不见,可你跟随那南归的候鸟飞得那么远……我在苦苦等待雪山之巅温暖的春天,等待高原冰雪融化之后归来的孤雁……第一次听到这首歌,这歌声回荡山谷,苍凉着一份纯洁的情谊,沉静着一份茫然的思绪。

走过一条条峡谷,我们钻进茂密的山林,修竹松柏遮天蔽日,各类灌木杂草疯长。脚下是厚厚的衰草和落叶,馥郁的香味扑面而来。这不仅仅是山茶花、小野菊、松脂的香味,更多的是脚下泥土散发出来的大自然的气息。微风过处,修竹摇曳,我随即转身给了后面队友一个微笑。

这一处稍微平坦的地方,生长着许多山茶。洁白的山茶花迎风怒放。雨雾中翠叶白花,婀娜多姿。这花儿不像迎风的山野菊那般泼辣张扬,却是含羞带露,让人心生一种柔情怜爱。不知这淡淡的清香是不是它的味道。我已感觉它似冰雪中的寒梅,开出了一种女人的气节与柔情。采一朵置于掌心,心里亦暖暖的。

王灵芝 ◆ 著

钻进丛林，我们只能像小动物一样缩着脑袋钻了。竹子和各类杂木野草太茂密了。后面的大哥突然让我看花，这密林深处居然盛开着两朵鲜艳的映山红。这原本应该开在春天的花儿，此时是特意为我们而绽放吗？看着手腕上队友亲自为我套上的红色的多用巾，心里有太多的温暖和感动。都说女人如花，这大自然的花儿也都是有灵性的。

　　丛林深处，半山腰里，修竹林旁，隐现几处稀疏的粉墙黛瓦，虽已人去屋空，青青石阶，斑驳木门，可以看出昔日的宁静祥和。"云波书院"四字刻于石碑上。导游说这书院村落明朝时就已存在。穿越时光，想当年长衫冠巾的书生们，能在这清净处读书，也是一种雅韵了。

　　转到一座土屋前，见一棵高大梨树，枝干遒劲，梨儿纷落满地，许多已经腐烂。捡起那完好的，在旁边山泉水清洗，品尝后都赞这才是真正的梨味。梨主人已去，风物犹存。野径无人花自芳，梨已成熟无人问。时世之变，令人不禁感伤。

　　继续翻山越岭。一会儿风急雨浓，险要处，大家互相提醒，互相帮扶，幸好都平安过来。到一平坦处，心为之一宽，便神思奔逸起来，脚下一滑，居然摔倒在地。后面的人立即将我扶起，关切的话语暖在心头。幸好无事，又叮咛身边的人不可大意。温暖关切在一点点小意外面前会放大传递。

　　第二日行程加大强度，上九华峰再到九子岩。一路上山，穿竹林过云海，同行的女伴怜惜我是第一次穿越，竟帮我背包。同是女人，很是感动，信心又来了。险要处稳住心神，不敢往下看，爬上一个陡坡，才看见对面依然是悬崖峭壁，云雾弥漫，看不真切，但真切感觉是在云端行走了。爬上九华峰，峰顶一棵松树三面凌空，感叹这生命的顽强。攀上石崖，与松树合影，天地之精神，坚强赋予万物。松树旁山顶丛林，生长着许多红豆，红艳艳的与翠叶烟雨中，妩媚多姿。想起王维的诗来："红豆生南国，春来发几枝，愿君多采撷，此物最相思。"不敢采撷，思之良久，还是对它微微一笑。我不能让天空万物对我笑，那么我就先对它们笑吧。

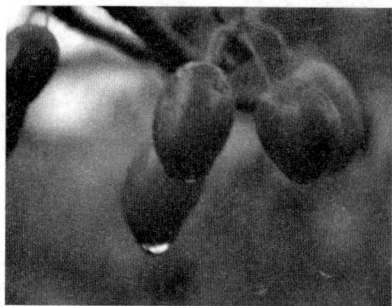

下山的路虽险，但已经感觉不到疲惫了。每个人都是很兴奋地说笑拍照，将自己融入这云遮雾绕的人间仙境。从半山腰开始就是石阶路了，这便没有了危险。行程很快到达此行的一处休息点——大兴和尚庙。

卸下装备，大家午餐。我仅仅带了火腿肠、不老蛋、牛奶之类的方便食品。气温很低，停下来感觉很是寒冷。有人拿出小火炉、小锅，开始烧热水下面条。一位大哥给了我一个塑料小碗，说谁的饭做好了，你都可以去分一点吃，不要不好意思。我便凑到一个小锅那里，主人立即分我面条。热乎乎的汤面下肚，感觉真是舒服！但还没饱啊！另一处草地上，老田煮好了一锅面条，他招呼人过来吃。我走过去，正好看见一女子走过去。她的脚踢到小锅把，一锅飘着鸡蛋花、小葱花的面条就这样全倒在草地上，老田无奈地笑笑，原来这女子是他媳妇。他能说什么呢？说了有用吗？他从背包里拿出不多的饮用水，再煮一次面吧！

大家从素不相识到亲密合影到如一家人一样进餐。爱说笑的人互相开着玩笑甚至和导游开玩笑，几个人悄悄挑唆老田回家要把媳妇打一顿。笑着、闹着、看着就如多年的老朋友似的心暖。

一路跋涉，留下脚印一串串，留下欢歌笑语绕山川。收获的是忘却红尘的快乐，抛弃的是昨日的烦忧和心酸。佛山佛地，我们山前山后绕着耸立在青山碧水间的大佛转，佛缘有深浅，红尘情缘亦然。放下即是海阔天空，释然便是另一片蓝天。亲近自然，超越自我，笑看人间风雨云烟。

王灵芝 ◆ 著

让生命铭记这一回

——记 2015 年 1 月 1－2 日合肥第四届百公里毅行

新年伊始，带着梦想上路。行走，去看看世界，去开启一场青春的执着、一次内心深处的呐喊。走过的岁月，留下太多难以忘怀的记忆。不管是春风得意还是酸甜苦辣，它都赋予了我生命不同的意义。能述之于笔端的有几何？能入诗入梦的又有几何？蓦然回首，无限珍惜能让我重新审视自己的人。行走，在脚踏实地的时光里，去认识自己找回自己！

伴着清晨的第一缕霞光开始，带着白发母亲亲手做的干粮上路，融入同行的队友中。踏上百公里的第一步，我笑了。不管前面如何，我都知道我没有回头路。我的心必须经过这一次历练。眼前浮现嘎玛公路上磕长头朝圣拉萨的藏族同胞，浮现普陀山脚下，三步一磕头跪行在山间石径上的不同年龄段的信徒们。他们有着一颗怎样执着的心，才会有如此执着的行动？

我只是真实地活着，活在自己的位置上，做自己该做的事。15

公里只是人生懂事的开端,是去探索,带着对未来的美好向往而前行。我不想伤害别人,更不想让别人伤害我,人敬我一尺,我一定懂得敬人一丈。即使别人没敬我,我也会尝试着去敬别人。我只是沧海一粟,路边一草,别人凭什么会无缘无故地对我好呢?要学会善待别人,主动去发现生活中的美好。25公里是在美好的遐想中度过的。

出发时感觉有点热,就请做保障的牙哥帮我拿衣服。他乐呵呵地抱着我的红衣服跑来跑去,热情地为大家拍照,让我看着温暖。老田大哥一路伴我行,还在行进的路口,因上卫生间排队而等了我很久。人流中,他没有把我丢下,带着感恩的心,我们走完33。红日当头,老牙哥早已在路边做好了牛肉面,这是我吃过的最好吃的一顿面了。吃好了,向下一个休息点行进。老田大哥鞋不合脚,脚起了血泡,我就是走得再慢,也不会把他丢下,我不时地回头看他,放慢速度,去欣赏巢湖美景。碧水蓝天,水天相连,远处隐隐一黛青山,近处芦花飘扬,有水鸟一掠而过。绿化带里,有美丽的山茶花盛开在寒风中,大红、玫红、粉红,这花儿不娇柔不浮躁,美丽中透着妩媚,在这隆冬的季节里怒放着属于自己的柔情。

风清凉地吹着,弟弟带着白发父母等候在湖边,看我。我们血脉相连,活在这个世上不仅仅是为了自己的喜怒哀乐,每一个人都有责任在肩,你没有理由不去奋进不去好好地活下去。世上最难的是活着,最简单的是死去。人到中年,父母在看着你,孩子在看着你,就是爬,这路也要走下去!一滴泪洒在寒风中的湖边大道上,我迈开大步向前。西天已是晚霞满天,湖水波光粼粼,渔帆点点,东天隐现一轮明月,我回望老田大哥,他也在享受巢湖夕照。我问他:人要是有了自信,是不是一切都快乐起来?说完自己先笑了,这是谁都懂的道理呀!美景中我们走进月色,走到42公里处。稍事休息,即踏上半程的路!

夜色中,看着灯影下的身影,一会儿苗条,一会儿矮胖,一会儿风姿绰约。不同的角度,看问题和事情都是不一样的,世界上没有完全相同的两片叶子。人与人相处,讲的是共鸣中的互补和谐,相处相磨合,心中有爱装着别人,就会去包容和忍耐,磨合好了是神仙眷侣,磨合不好就放下,时位之不同,不可以强求别人的心和自己一样。就如今晚的月亮,不是满月,但也照亮了这苍茫人间。

坚持是毅力也是灵魂。半程是很多人的目标,我们在路边饭店大餐一顿,和牙哥、常发等喝了几杯相识的酒。老田大哥让我和天涯、传奇同行。他千叮咛万嘱咐让天涯带好我们两个,牙哥和常发还亲手帮我整理好夜间的反光背心,感动。出发,温度已在零度以下,路面有的结冰,湖风拼命往脖子里钻。最担心冻坏了耳朵,严实包裹了,在这一轮冷清月下我们走过了53公里、64公里。

欣赏自然之美需要睿智和一双善于发现真谛的眼睛,欣赏人间真情,则需要细腻的情感和一颗真诚的爱心。天涯和传奇是从起点一起走来的。这时人流已不像开始那么浩荡,前后已是人很少了。我们就是难兄难弟,这会儿谁也不会离开谁。天涯的鞋和袜子总是出问题,传奇总是出汗,湿透了冲锋衣裤,我是走慢了就冷,就这样走走停停我们走到了73公里处。

真的考验来了,月色西沉,越发的冷了,倦意涌上心头。天涯爱静,为我们还是唱起歌来:拍拍身上的灰尘,振作疲惫的精神,远方也许尽是坎坷路,也许要孤孤单单走一生,早就习惯一个人,少人关心少人问,就算无人为我付青春,至少我还保有一份真……我们行走在滚滚红尘中,还有多少人能保留一份真呢?时光无法逆转,那就回味往昔的歌谣,于是和传奇一起唱歌,随心随意,唱响夜空,歌声中我们走过了85公里。

月色隐去，路更加黑暗。前面的一对年轻人，一路行来男士始终扶着女士。还有一对在路边亲密地休息，多年后他们会回味今天的路，会回味这一路相扶的情感。还有那一对年龄大点的，男士简直是在拖着她并鼓励她前行。看看身边的天涯，也已经是步伐不整，我和传奇要是再拉着他，那他就只有崩溃的份了。就这样恍惚地走吧，让灵魂跟上脚步。女人不是男人的包袱，女人可以和男人一起分担风雨分享欢乐。春花秋月时，女人是小鸟，可以温柔地站在你的指尖，狂风暴雨时，女人也可以是大树，为你遮挡半世的风雨苦寒，谁不希望山水两相依，谁不希望日月两相伴？谁不希望男人是女人的天？一切的艰难险阻，走过去吧。前面就是黎明，就是爱！不以生死论情感，敢叫岁月因君笑。

泪水和汗水的成分相似，但泪水只能换来同情，汗水却能开拓新的历程。用眼泪去冲刷生活的酸楚，用时光来沉淀情感的纯正。坚守一份相识的美好，点燃心灯，去照亮未来的岁月。走过去，东方已是彩霞隐现，恍惚看见你在对岸笑语灿然。你在90公里处召唤我，天亮了！

走过千山万水，走过人山人海，我来到这里。感谢一路有你相伴，不管我的脚步是深是浅，是欢快还是凌乱，我都带着对你执着的信念和不变的梦想，我在走自己的路，我有属于自己的天空，你是前方的灯盏。拥清风入怀，望云淡风轻，我真实无悔地生活，脚踏实地地走路，不悔昨日，不负自己。以欢笑的姿态在百公里终点的红毯上踏着鼓点起舞，因为我知道：我是你意外的惊奇！让生命回味这一刻，让岁月铭记这一回！即便你不在乎我，我也在乎我自己！

王灵芝 ◆ 著

临江仙·云台古道

高山草甸古道上,马队挑夫去往。云遮雾绕何风光。故山依然在,风物已苍茫。

遥忆夏日岁月长,驿站星夜愁肠。山水潺潺述离殇。托身云雾间,不须问炎凉。

五一时,去了云台山:近处飞泉流瀑,山花烂漫,远观峰峦叠翠,云遮雾绕。去红石峡,过七彩洞,登茱萸峰……夜宿山间,看星空辽阔,怅人生如梦亦如烟。今见云台风物依旧,只换了苍颜! 作此一阕《临江仙》以记之。

同登彼岸

——烟波浩渺游普陀

【上】

"一年将尽夜,万里未归人。"春节是归家的日子,是幸福,是团聚!多年来的团聚,是在儿时无忧无虑的时光里。但现在我已经不想在节日里回归我的乡园了。"惊奇东华尘土梦,沧州到处即为家"。带上一双儿女,我要远去佛教圣地,大海之中的普陀山过春节,不为修来生,只为给心灵度假!

王灵芝 ◆ 著

定好日程,我们在夜色里出发,坐火车在清晨抵达宁波,换乘汽车到沈家门码头,而后乘坐快轮,行驶在烟波浩渺的南海里。

浙江普陀山,与山西五台山、四川峨眉山、安徽九华山并称中国四大佛教名山,是观世音菩萨教化众生的道场,属于舟山群岛。轮船行驶在波涛还算平稳的大海上,一会儿水天一色,烟波浩渺,一会儿岛屿隐隐,海浪翻滚。虽然甲板上的海风很急很凉,我还是想极目这份苍茫。

远远看见一座岛屿，看见高高耸立在海边山头的南海观音像，便确定，这里就是普陀了。岛上游人很多。树木葱茏，各类商铺很是繁盛。寻得一家海鲜馆午餐，就有当地人来招揽住宿。农家小院，有厨房，还可以自己买菜做饭，价格也不贵。我们就选了一个大房间，计划在此好好过年！稍事休息，我们计划先去法雨寺，再去千步沙。

环山小路，游人不绝。沿着玉堂街北行，循着指引路标，我们徒步前行。这里被誉为"第一人间清静地"，山石林木、寺塔崖刻、梵音，皆充满佛国神秘色彩。沿途古樟树苍劲，山茶花盛开，不懂寺内佛家规矩，只随人流观看。佛像前默默述说了一番期盼，便想去亲近大海。

千步沙金沙绵亘，白浪环绕，赤脚漫步在沙滩上，东望无际的大海……转道慢慢前行，这一处岩石伸入大海，高高的岩石上有石刻，近前去看，却是"回头是岸"四个大字！心下立即恻然，有多少人走到一定程度的路段，想回头呢？这黑色的字体，是寓意着"苦海无边"吗？会"回头"观望，但太多的物是人非已经无法"是岸"了！岁月往前走，谁也无法回到过往了！

紧紧搂抱了我血脉相连的孩子，我必须以身作则，勤劳善良去修行，修得一世的母子、母女情缘！就在这岸边端坐，修心、静心，茫茫大海浩无涯……回头是岸，回头也已是沧海……

【下】

　　"千处祈求千处应,苦海长做渡人舟"。大年初一清晨,看了路线,我们先登佛顶山,游览慧济禅寺,再去龙湾岗巅,去拜大慈大悲观世音菩萨。

　　由于前几天小雪,穿着羽绒服仍觉寒气袭人。登佛顶山的石阶上,时而有未消融的积雪和水洼。但山间树木依然翁郁,草儿依然青翠,白色和火红的山茶依然盛开。游人很多却无喧哗之声。自山脚下起,就不时看见有信徒,三步一磕头,神态庄严,目不斜视地往山顶叩拜而去,全然不顾有些路段的积雪和泥水。

　　不禁心中恻然。那年龄大点的,或许经历了惊心动魄的事情,让执念化作活下去的动力,才修得这样一颗虔诚的心。那么,这看起来不过是少年的人呢?也具有超乎常人的情感吗?问了当地人,说太多的人是从年三十晚上开始叩拜上山的,为的是大年初一的清晨能抵达山顶。这一宿是如何过来的!

　　看看身边的儿女,为女则弱,为母则刚,觉得有一种无形的力量在鼓励我前行。我有手、有脚、有文化、有思想,哪道坎迈不过去,只能说明我是懦夫!行进间,看游人、看香客、看海天佛国的一草一木。道路边长凳上有一位穿着青布长衫、发髻高挽的男士,执一支洞箫,在悠悠长长地诉说着什么,不懂曲调,但觉箫声呜咽中给人一种历尽沧桑后的沉静。

　　携儿带女继续前行。慧济禅寺的匾额已在眼前,许多人在围着狭窄路中间的一石碑拍照留念,走过去一看,原来是"同登彼岸"四个大字！沉思许久，内心翻起千丈巨澜！我们祝福"天下有情人终成眷属"！但太多有情人输给了岁月的薄凉，而忘却了"同登彼岸"的当初誓言，也或许有些人仅仅是为了生活而生活，根本谈不上"同登彼岸"的情怀吧！有人叹息曰：夫妻本是同林鸟，大难来时各自飞！女人，你不能主宰别人的情感，还不能主宰自己的思想吗？这茫茫大海，大慈大悲观世音在注视着一切，佛山有灵，我的身份是母亲！狂风暴雨也好，滔天巨浪也罢，我血脉相连的孩子们，我不会丢下你们任何一个，让母亲带着你们，同登彼岸吧！

　　辗转徒步，在海岛上随游人前行。一位年轻的父亲，让幼小的儿子骑在自己的脖子上，这一处许多游人向下方看海水撞击岩石，这父亲也好奇，伸长脖子往下看，虽然他两手抓住了儿子的两只脚，儿子还是吓得哇哇大哭，两手紧紧抓住父亲的耳朵。我急忙提醒那年轻的父亲这样做很危险！看着他们平安远去，我和孩子们都笑了！

　　很快我们看到了高高耸立的南海观音雕像。观音神态端庄安详，高高站立在山岗上，左手托法论，右手施无畏印，妙状，慈祥。

面向烟波浩渺的大海。我虽然不懂更多的佛学,只内心想来此地,求佛赐予一份信念和力量吧!

茫茫大海浩无涯!我对儿女不离不弃,我年迈的父母何尝不是这样对我呢?这一份血脉情深不需要营造而永存!我该回家了!我要"同登彼岸"的还有我白发苍苍的父母双亲!

王灵芝 ◆ 著

文峰夜色

这一方水岸
是星星和霓虹的家
笙歌在近处
烟尘已遥远

一声蛙的浅鸣
涟漪涌起

荡漾着,荡漾着,一圈又一圈

这椅上,空荡荡
榴花和松柏在私语
柳丝儿在夜风中彷徨

合欢舞起粉色的扇子
夹竹桃依着蒲苇开放
塔苑,虫儿奏起月光曲

悠然在青石路上
眺望红尘已远
俯首静谧安详

滚滚长江水　漫漫三峡情

王灵芝◆著

　　滚滚长江东逝水，浪花淘尽英雄，是非成败转头空，青山依旧在，几度夕阳红？几千年来，长江孕育着中华儿女，记录着千古兴衰，讲述着绝世神话。长江滋润着人的胸襟，人欣赏着长江的坦荡、豪放、气势磅礴、恣肆汪洋。

　　长江一直是我神往的地方。少时，会得到很多奖状，好像印的全是南京长江大桥，便幻想着有朝一日去看看这个遥远的地方。后来读懂了诗词文章，知道了这一江水，连着天下兴衰、连着华夏文明、连着琴瑟诗情、连着剪不断，理还乱的愁绪，甚至连着国破家亡的哀鸣。

　　二十岁的夏日里，飞越关山，来到乡园。那时知道一句诗："每想你一次，就落下一滴泪，从此形成了长江"，结果想去南京看长江而没有成行。三十岁的时候，真的在盛夏里去了芜湖，终于亲临江边，但见江水浩荡，浊浪滔天，"君看一叶舟，出没风波里"。身着旗袍，以一个东方女性的心态，看到命运如沉浮的小船，我有孩子，我不可以沉没！沉吟江边良久，收获了坚韧，即踏上返程。四十岁的今天，我再会长江。

　　春风浩荡，三月二十一日，一行九十多人，在登山协会毛队的组织下，呼朋引伴，乘坐大巴，下午六点半出发，夜半在一个服务区休息。一些人携带了睡袋、帐篷等，在大厅里休息；一些人就在车内。我坐最后一排，刚好和一位女士同座，春寒依然，虽然盖上薄毯,依然凉气袭人,我们抵足而眠,互取温暖,这让我有了一个极好的心情。我温暖着别人,别人也温暖着我。

清晨簌洗完毕,立即出发,沿途已见大片大片的油菜花海。山间梯田、粉墙村落、水溪池塘,都金灿灿的一片,令人心旷神怡。

三峡大坝

很快,车就来到了目的地,西陵峡。首先看到了壮观的西陵大桥,而后来到第一个景点——坛子岭。这是三峡大坝旅游区的一部分,是整个旅游区的制高点。有电梯可乘,远远便看见山腰处灿然一片,是桃花:粉红、浅白、桃红、深红,互相交错,很是壮观。女人们哪有不爱花的?摆出各样姿态和桃花一竞美丽。男人们也都一饱眼福,是更爱花中的美女吧?

站在坛子岭上,今天天气还不错,可以俯瞰到船闸、大坝及周围的隐隐群山。三峡工程举世闻名,吸引了很多外国游客。我一显地主之谊,主动上前和他们攀谈,介绍简单的风物,

邀请他们和我们合影留念。在这里能有人用英文和他们交流,他们开心,我也高兴。语言本来就是用来沟通的,也让来自异国的他们看看,咱中国人的素质就是好。

坛子岭下来,做大巴通过西陵大桥来到江南,远观近看了这举世闻名的宜昌三峡大坝。大坝距下游葛洲坝水利枢纽工程38公

里,是当今世界上最大的水力发电工程。这里是三峡游必看的景点之一。望着奔腾不息的长江,我亲身感受到了国人的智慧和战胜自然的力量。这是世界之最,我为国人感到骄傲和自豪,也激励了自己游历山川、战胜困难的信心。

接下来散步在截流纪念园里,与普通的公园相比,就是多了一些巨大的工程用车,也从没见过那几人高的轮胎。一片人造山林宛如西游记中的场景一样云烟升腾,原来是截流剩余的人工混合三角石。江南的春天是比北方早多了,这里垂柳依依,垂丝海棠已经盛开,迎春花也比江北的花朵大多了。漫步在园林里,就一个词,惬意!林晚大哥反复邀我吃散发着香气的长江鱼,体会到一个词,秀色可餐!即便已近中午,我也不吃,心情好极了,才可以减肥!

在江南三斗坪镇小饭店外匆匆午餐,六菜一汤,那饭菜简直不敢恭维。还是饿点儿好,现代人几乎没有缺营养的。午后等待游船,林晚大哥便带我去小镇上转悠,这里以后可

能不会再来吧。买了水果,转了菜市场和商店。镇子虽小,但粉墙黛瓦,一派徽风皖韵。来到江边,看见碧蓝的江水,终于忍不住脱鞋下水。风软软的,水凉凉的,虽然踩在浅水的沙石上,但青苔极滑,看着身边望不见底的深蓝,我还是深深地畏惧。我在长江里,渺小的还不如一粒沙石!我在历史的长河中,渺小的还不如一丝

云烟。但此行终于完成了一个心愿:我不可能在长江里游泳,但终于在长江里洗涤了自己!(常发看见后戏言:长江下游的鱼都漂出来了。我愣了一下,哈,敢情是说我脚臭呢!)

西陵如画

下一站,坐游轮顺江而下,体验三峡中这唯一没有被淹没的老三峡风光。

青山隐隐争峻秀,碧水悠悠话夕阳。先借游情添气魄,漫将吟兴付沧桑。日薄西山,江水波光粼粼,身在长江之上,感慨之情溢满胸怀。

> 我住长江头,
> 君住长江尾。
> 日日思君不见君,
> 共饮长江水。
> 此水几时休,
> 此恨何时已。
> 只愿君心似我心,
> 定不负相思意。

这长江充满着古人的叹惋和希望。春江潮水连海平,海上明月共潮升,知道了月下长江有着绝世的优美和空旷辽远的意境。大江东去,浪淘尽千古风流人物。豪情壮志也是对长江的感慨!

船进三峡,西陵如画。郦道元《水经注.江水》写道:两岸高山重障,非日中夜半,不见日月,绝壁或十许丈。林木高茂,略尽冬春。猿鸣至清,山谷传响,泠泠不绝。文字中感受到了峡谷景观的奇绝峻秀,身临其境,果然如此。

游人打开船窗,江风扑面而来,巨浪拍打着甲板,青山两岸耸立。大家都忙着要把这美景印在心里并拍摄下来。江南岸看见了粉墙黛瓦,曲桥回廊,高挂的大红灯笼,导游介绍这就是三峡人家,游客拥到船南侧,管理人员高呼甲板进水了,游客才惊慌回到原处。这几乎紧挨着江水而建的村落,有点惊险了。高处山崖边,甚至山巅,也可看见零星房舍,这修建起来要费多大的心力! 这山、这水、这房舍、这帆船,这夕阳,怎是一个震撼可以形容!

　　游船继续东行,两岸青山依然雄奇险峻,这险峻里隐含的却是诗情画意。我站在船头拍照,疾风吹乱了我的头发,寒气袭人,回到座位上欣然赋诗:

　　　　浪拍甲板风撩发,水映山姿景如画。

　　　　为珍千里游兴共,互续诗缘到天涯。

王灵芝◆著

夜色来临,两岸亮起无数灯盏,青山如黛,江水在灯影下闪烁。看见了雄伟的宜昌大桥,我们即在宜昌登岸住宿。晚餐自便,美食家林晚早已看好了小吃街,来到江边,岂能无鱼? 我们自带了牛肉、花生米之类,又点了几道当地菜,只带了一瓶白酒,这夜色这心情,又买了一瓶。笑谈间酒微醉夜微凉,不觉沉吟:

　　　　山水情趣诚难遇,

　　　　文字深浅实可伤。

　　　　春江水暖花月夜,

　　　　一壶浊酒心意长。

　　人生最美的风景,也不过是志趣相投的人,共赏美景美酒而已。

"清江"竹海

第二日,去看三峡竹海。三峡竹海又叫泗溪竹海,位于秭归县境内。秭归是屈原的故里,也是中国诗歌之乡,屈原的遗风已植入人们的骨髓。自古风雅之人说:居不可无竹。带着对自然竹海对文人遗风的向往,大巴车带我们来到了山间。这是一块开阔的平地。但见远处山峦叠翠,近处幽篁修竹。顿感呼吸顺畅,精神焕发,轻装出行。忙于要将这美景尽收囊中,找不见同行的人了,好一会才看见又在那里品味山野煎鱼呢!躲在一旁笑了好一会,看看自己的腰身,自嘲道:我什么没吃过? 美丽的景姐也在开吃烤土豆。这年月:喝凉水的长肉,尽情吃的苗条! 羡慕嫉妒啊!

进入山口,植被茂密,小桥古道,山花烂漫,溪水叮咚,飞瀑清鸣。自然景观,人文设施,令人目不暇接,想歌想舞,想如小鸟般翩飞。大家尽情欢笑,仿佛都回到了童年。我们捧着装垃圾的竹篓拍照;大师和脑袋光光的竹雕南极仙翁比谁的头亮;这一帮人是要把毛弟抬起来扔到哪里去? 再看蚂蚁夫妻在秀恩爱;一位美丽的姑娘一直跳跃着让人抓拍;林晚大哥的腿翘的那么高;王坤笑得简直像个大男孩;梅姐在瀑布前翩然起舞;我也想跳呢,只弯了下腰,没好意思;紫燕姐夫摆了个千娇百媚的温柔姿态,引来大家的哄笑? 这笑声回荡山野……

竹海归途,兴致未尽脚步轻松。上竹楼,进幽林,漫步在竹海里,想起了竹林七贤,想起了伯牙断琴:

竹影参差风传香，神女啼痕犹凄凉。
幸有诗心终不悔，何须清墨书情殇。

王灵芝◆著

　　巫山神女，斑竹有痕，人生难逃一念执着。这一花一树一桥，清淡和谐。人因山水而乐山水因人而有了生机。拥有一颗如初的诗心，从竹林里走回去。

　　午餐在竹海旁的水边，与昨日江南的相比，算是丰盛了。餐后在水里划竹排，站在排上，我是不敢划的。水深蓝的看不到底，我紧紧拉住梅姐的手，不敢有半点疏忽，一圈下来，两腿比登山还酸痛，竹排在这清水上滑行，想起《刘三姐》电影里的一句山歌：山歌好比清江水，这边唱来那边和，在水上小声唱了几句，感觉特好，就决定把这地方称为"清江竹海"了。

荆门赏花

最后一站——荆门赏花。高速公路上已如来时一样,看到了金黄的油菜花。有山坡的地方,是梯田状的,一圈圈一层层,间有几丛绿树,几座粉墙村舍。平坦的是旷野,称得上是一望无际。天色将晚,我们心急着何时能下车,置身这花海?近距离感受一下不就行了吗?友人说高速公路不能停车,哎呀!我的智力简直成三岁了!

终于在一个休息点下车了,大家蜂拥至花田里,夕阳映红了东天的云霞。其实哪儿的油菜花都是一样的,不一样的是数量、是心情、是同游的人。人间三月美如画,最美沙田油菜花。知道了这个地方叫沙田,荆门范围大着呢。春日花海,拍照留念,写诗留情。

荆门菜花

三月东风到荆门,万亩菜花竞阳春。

游客千里不辞远,农家花海觅善真。

沙田花海

蝶舞蜂闹风光好，菜花丛中乐逍遥。

为怕路人斥轻狂，不敢高歌到碧霄。

　　归途，夜餐简易，带在车上吃。仿佛都是多年的老友一样，大家开心说笑。临近的男人们分享了啤酒，我们分享了牛肉、鸡蛋等零食。正开心间，蚂蚁兄弟拿着小酒壶晃悠悠地来到车最后，笑着敬酒要和我们干杯，笑着接受我给的花生、蚕豆还说不是专门来问我要的，笑着回去。我就远远地看着他们又喝了起来，很久后明显地看见几个人还在吃。他们怎么就吃不够、喝不够、笑不够呢？

　　闭目休息，听到天涯夫人和静涵的闲聊，这个娇小玲珑的女人，说话不会措辞，地道的阜阳普通话，想说什么说什么，身边的天涯没有半句指责的意思，我便静静看着他们，报以舒心的微笑，她也冲着我笑，看着她就看到了何谓幸福，何谓灿烂！女人的幸福都写在脸上呢！

　　大千世界，存在就是合理，满意就是幸福，快乐最是难得！情之于人，如这长江之水，需要在岁月里慢慢流淌，胸纳百川淡远悠长……子在川上曰：逝者如斯夫！珍惜珍藏一路的幸福和欢乐！

错过你最美的花季

细阳，如今的太和这个充满诗意才情，贮蓄水墨幽香的地方，被誉为"中华诗词之乡"。虽无峭壁幽谷、森林牧场，但村庄自有千古风韵，绿水蕴含万般情长，风物犹如水粉墨画，樱花恰似一段离殇。

没有艳阳，只薄雾隐隐；没有青翠，只沉静了一个冬季，深深、深深地眷恋着丫枝、枯草的苍茫。前几日，文友即相邀共赏樱花的灿烂，诸事纷乱没有成行，今日驴友同往，初见那隐在薄雾里的一片淡色的苍茫，不禁感叹：错过了你最美的花期！

步入樱桃园。看着满树将残的花儿，知道她们在宁静而安详地默念着昨天的故事。褪去青涩和繁华，犹在相伴这村落里缥缈的炊烟，犹在这沙颍河畔守望久远的陈年旧事，守望粉墙黛瓦里的诗词情韵。一抹淡淡的乡愁在林间飘荡，浅浅地相思，浅浅地惆怅，悠远的意境道尽人间岁月沉淀的沧桑。

谁也无法留住岁月匆匆，鲜花不可能永远绽放。在最美的季节里，没有遇见最懂的人，等待不会停止。看这直冲云霄的几百年的大树，伸出遒劲的手臂在呵护每一树花开；看丛丛翠竹在默默守护，殷殷相伴每一个季节。黄土垄中，岁月有情，沙颍河畔，风月相拥，只为一棵棵开花的树。

宇宙万物，自有法则，没在灿然的季节里遇见你，那么将盛事留待想象，大片的空白，可以任意描画你风姿绰约的模样；将如今的苍茫在心底珍藏。只要心中有暖意，何处鲜花不盛开？

来春，我等待你！来生，我预约你！

四月烟雨挂鼓楼

——清明河南鲁山挂鼓楼纪行

王灵芝 ◆ 著

四月春风到鲁山，
遍野连翘金灿灿。
穿红着绿给谁看？
欢声笑语绕山川。

最美的风景不在远方，而在心上；最美的相遇，不在路上，而在心里.我们登山协会一行 25 人，用双脚探寻人间四月天，在一袭烟雨里，向秀美的鲁山挂鼓楼峡谷进发。

因为夜间大雨，取消当初的黑子沟路线，没有要地导，河南的"穿山甲"当导游，"毛"领队。一路欢声笑语，金黄的连翘花开满山野，远处云雾迷蒙，空气湿漉漉的，大家庆幸没有太阳，是最好的登山天气。走了一段时间的山路，进入峡谷：到处飞泉流瀑，怪石嶙峋，水流湍急。男士们开路，引导我们向前。不能过去的地方，显示了男人的能力。"灰太狼"首先下到冰冷的水里，然后"森林木"等，搬石头、拉树干铺路，然后和"毛队""穿山甲""随风"等一起，一个一个拉我们过水。连司机在内 8 位男士，我们 17 位女士就这样一段一段被拉过去，幸好只是湿水，没有危险，大家依然开心说笑。

毛领队

山泉有意迎游客，风雨无心阻前行。

且看领队展身手，淡定自若指西东。

这一段没有更多的照片记载，水流太急，跨度很大。毛队在后，穿山甲在对岸接我们，我们带着惯性跨过去，就是后来晴天所笑的"三扑穿山甲"：三位女士过去把接应的穿山甲扑倒在地，我是第一个把她扑倒的人，体现了我的重量和胆怯。大家好一番说笑，也让我们感受到了初步的刺激和危险。

这是第二道打绳子的地方，左手边是瀑布深水，景色绝美，需要从这里爬到山崖上去，穿山甲先上去放了绳子，几位男士上去接应，毛队和灰太狼、铁观音断后。这是一处从下面看十多米的石壁，下面没有放脚处，有两段木头竖立垫脚。男人们不费事，勇敢的梅姐是第一个没带保险措施上去的，她晃动了一下，我的心立即激烈地跳动,稍有闪失,下面可是石头潭水呀!上苍保佑她,终于我看见有人接应她,拉住她上去,这才放下悬着的心。勇敢的女人们一个一个爬上去了,敏儿试了两次都没有上去,看着她可怜兮兮的眼神,我知道自己的力量,我根本不可能用臂力把自己拉上去。毛队让我和敏儿靠后,给敏儿加了保险索,敏儿才艰难地爬上去。我是女人中最后一个,也是毛队把绳索拴在我腰上,才克服恐惧爬上去的,当上面的森林木抓住我手的那一刻,却是想哭。这一关算过去了。过了山顶又下到峡谷里,过流水,还没等我换脚踩石头,接应我的灰太狼和铁观音一边一个抓住我手臂直接拎上去了,真叹服男人们的力量。

王灵芝◆著

这是第三处打绳子的地方!我们从谷底又向上爬了好久,山沟里全是极厚的落叶,非常陡峭,也有树木和石头可以歇脚,想着爬上去可能就翻过山头了,谁知道上来却有一处石崖挡路,必须从悬崖的山腰处,有一些可以攀援的石头那里攀爬过去。下面可以说是万丈深渊了,没有退路,大家坐在缓坡处稍事休息,还是穿山甲先只身爬上去放绳子,毛队断后。先上去三位男士,随风在第一险要处负者接应,游戏人生在还上面的第二险要处接应,穿山甲在前探路并最后接应。第二险要处虽然有可以放脚的地方,但左手边即是峭壁,而且没有绳子可以连接,全凭自己了,爬上去方能抓住第二段绳子!我看了一下地形,此处是最危险的地方。

这一处石壁有百米之高,中间有一块突出的石头,随风和毛队一上一下,把绳子甩上石头里面挂住,然后可以上人。英勇的梅姐又是第一个上去的女人,她没有保险索,直接抓住绳子。绳子会移动她的重心,在大家的指点下,梅姐爬到了中间石头上再转身换支脚点,再慢慢爬到随风处。当随风拉住她的时候,我们一起在下面为梅姐鼓掌,她又上了第二危险处,我看她明显的脚下滑了一点,身体在晃动,我即有想晕倒的感觉,好在梅姐安然地上去了。接下来还有一位女士就这样上去的。年长沉着的高哥立即建议毛队:必须有安全绳。毛队立即改变,由随风在高处扔下绳子的另一段,这两根绳子,一条做攀援绳,一条系在攀援人的腰上,由随风从上面负责攀缘者的安全。

下面的女人就这样一个一个慢慢上,高哥建议我和敏儿先上,看着敏儿上去了,我也没有任何后退的路,当毛队把绳子拴在我腰间,我起步的时候,看了毛队一眼说:毛弟,我害怕!毛队闭了下眼没看我说:不怕,姐,上!晴天立即打趣说:上去了,那上面的帅哥就属于你了!这些照片是我让下面的人拍的过程!中间在大家的指点关注下,我伏在石壁上休息了好几次,我没有更大的力量抓绳子前进,感觉随风的绳子一个劲把我往上提,艰难中我抱住了中间的石头换脚转身,然后抱住岩石喘息,汗流浃背无力再上,好一会儿,随风在上面笑着说:上来,上来我教你学跳舞!我艰难起身继续攀爬。接近随风时,他命令我说:把你的手给我!你不要抓我的手!他一只手把我悬空抓上去,他拉住我手的那一刻,我感觉我抓住了生命!我在他身后伏地休息,直到下一位女士上来,我趴的地方只能一个人容身,我才在上面接应的游戏人生的鼓励下,爬过那最危险的没有任何保护措施的那一段,抓住了第二道绳子,算是安全爬上来了!下面是我在攀爬的过程中,请驴友拍摄的图片:

从第三处打绳子的山崖下来,到了一处谷底,潺潺水声,茂密野草,又见瀑布飞流,潭水深不见底,看见了小小的鱼儿在游动,水面凉气袭人。我和敏儿在开心地练臂力,我们俩安全,这一行人都安全了!我们在等待每一个人安全下来,终于看清了接应我们的帅哥随风、游戏人生。他们是朋友,随风还是健身教练,难怪有那么大的臂力。说不尽的感谢都在眼里在心里!这又过了一个坎呀!大家尽情地欢笑合影。一边抒发战胜困难后的喜悦,一边等待毛队最后下来!

游戏人生、随风、悠然

百丈岩上君拉手,笑语相携暖心头。

别后相聚理应醉,翩翩舞步赋壮游!

这是第四次打绳,依然穿山甲先行,毛队断后。经过了第三次的悬崖峭壁,这已经不算什么了,没有任何的恐惧感。脚下潭水不深,距离也不大,只抓住绳子,脚踏牢固就可以了。很快过去,我们继续沿着溪水前行。找一平坦处,坐在水边石头上午餐,大家互相分吃,热闹非凡。我想着减肥没带更多食品,晴天、老田姐、秋风等都分给我食品,还有几位女士带了肉之类的,大家都赶紧前去请毛队及众位男士品尝。那个亲切,简直都是自家兄弟了!而后继续

王灵芝 ◆ 著

穿越,在峡谷间行走。

不知道看了多少瀑布,不知道跨越了多少道这样的山涧,不知道被人拉了多少回,每一次伸出来的手都那么有力和温暖! 有人说:我不介意和你同行,但你要自强! 是呀,每一个女人都表现了平日里不可想象的毅力,每一个男人都显现了骨子里的宽宏友爱! 一路欢声笑语,一路前呼后应,远远听见水声轰鸣,我们来到了一个最高的瀑布前! 没有前进的路了,穿山甲和毛队去探路! 到这时候,已经是下午了,天空飘起了微雨,穿山甲在瀑布下面查看了很久,也自己从激流中过到对面山坡,但他放弃了那条路,说水流

太急。很久很久才看见他下来,从峡谷对面山坡放下绳子,绳子又穿过激流拴在石缝里的一棵小树上,由毛队在这面守护。我们要到毛队立脚的那块石壁上,还要爬过一段光滑滑的岩石,那下面可就是激流呀。又拉了一道短绳,这才开始行动。先上去的是游戏人生和森林木。看着他们抓住绳子荡过激流,在对面湿滑的岩石上行走,而后是攀援山崖,到了二十多米高的地方吧,很是缓慢,又在更高处停留了很久,才慢慢上去。男士们如此,望着高高的山崖,我的心沉下来了,这也不会少于百米吧?而且上面有段高度都几乎垂直了。

领队穿山甲在发愁

穿山甲和毛领队在商讨

第一位上去的女士是一米阳光,她抓紧绳子荡过激流很稳当地落在对面的岩石上,在那很窄的石头上行走到山体下面,没有晃动,但在攀援的时候,她却一再地停留不前,浅白色的衣服在石崖上很是醒目。这面的人就着急了,距离远,也看不清楚那里的情况。这时,又过去了老田姐、燕子、放手。她们四人在那攀爬了很久很久!天色已经暗了下来。这时矫健的梅姐出场了,她抓绳子跳跃激流的时候,重心没稳,几乎摔倒在水里,下面可就是激流呀,一定不能松手!梅姐摇晃了几下,脚在水里激起了很高的浪花,在大家的惊呼声中她终于过去站稳了,大家悬着的心才放下,然后又有几位跟着过去了。高哥一直担心敏儿和我。他大声说天快黑了，必须让我俩先过去。于是敏儿先过，我在后。经过第三处的石壁攀援，这时候已经是无所畏惧了。稳定心神，飞步稳稳跨过激流，稳稳走过湿滑的岩石，稳稳向上攀援。但攀了十多米，麻烦来了，雨中石头泥土都滑，绳子飘来荡去总有力量把我的身体拉离山体，拉向激流那一边。中间有一位男士在尽量平衡绳子，毛队在对岸已经顾及不到这里了，穿山甲在山顶不见踪影。膝盖手臂，手脚并用，泥水汗水湿透衣衫。天色更暗了，看见了前面的梅姐、秋风、敏儿，大家都附在崖壁上无法前进，也没有立脚可以更好停留的地方，有几步我是拼全力上去的，因为我的脚不可能够到上一个支点，跨度太大，我知道为什么前者一直在这停留的原因了。看着黑乎乎的下面，看着望不到顶的上面，雨继续下着，心中有了恐惧感！这时候上面传来命令，我们几个女士必须下撤，放弃这次攀援。危难时候必须听从命令。我抓住一棵小树，停留休息，梅姐和秋风、敏儿先下的，泥水更多，更滑，在一位男士的指点下，我慢慢下降。毛队不知道何时在我上面了，他嘱咐我细心下滑，他先过。走到我下面的他突然脚下一滑，他摔在石壁上了，但很快平衡，我们在一条绳子上呀！我立刻有心力不支的感觉，但紧咬嘴唇，积蓄力量，我必须下去！接近崖底，我双手没了力量，望着下面的激流，我有了死亡的恐惧！就地休息了一会，在大家的照明和鼓励下，我还是再次跨过激流，退回到毛队的身边。

到安全地带经过中间湿滑的那一段，没有了先前的绳子，高哥在下面拿来一段树木，让我们做支撑点，这才退回安全地带！天色已经完全黑了！淅淅沥沥雨下个不停！我深切感到，领队的决策是英明的，有些时候，放弃就是重生！

黑夜来了，我们在毛队的指挥下，在潭水边两块大石头中间休息，等待天亮。雨下得比先前大了点，四周一片漆黑，开了照明灯。这意味着这一夜只能在这了！有几个人没带雨衣，很多人穿着一件裤子和上衣,食品只带了午餐。这时候需要的是精神,我立刻张开雨衣,大声说,下大了可以多来几个人呀!毛队指挥大家围坐休息保存实力,紫砂姐妹紧裹一件雨衣在上坡而坐,我和毛、梅姐、秋风等围坐一起,我上面坐着敏儿和随风,看他俩在那儿风凉,立即请他们下来,敏儿挤在我和毛队中间,随风在我右侧坐下,他没有雨衣,我拉了雨衣给他遮挡一下。

这时候,伟大的梅姐和秋风拿出了两条救生毯,一条给了毛队,一条给了随风,她们自己也冷呀!就这样围裹着,两位男士温暖多了!敏儿把头巾给了随风,我也立即把头巾给了司机。司机大哥没有雨衣,他挤在石头下面,对面是高哥夫妻、海豚腿、铁观音、晴天、竹子等。我们下面16人,上面还有9人呢!稳定下来,我们开始担心上去的那几位!穿山甲、灰太狼、游戏人生、森林木、马先生、老田姐、一米阳光、燕子、放手。我们在低处,他们在高处会是怎样的寒冷呢?担心!牵挂!

上坡的紫砂姐妹唱起歌来,大家说笑着,毛也让我唱,我想保存实力,等后半夜假如雨大了,好值班,观察山水会不会下来危及我们。好在天公保佑,雨停了,关了头灯,黑漆漆的山谷,慢慢有了点亮色。我们就地休息,必须保存体力!大家安静下来,可爱的敏儿靠在毛队的肩头休息,我靠在随风的腿上取暖,毛队闭上眼睛,我知道他不可能睡着,他另一面还挤着两位女士呢。他肩负着这么多人的责任,这一夜他也许会增添几根白发!

人间烟雨四月天,一夕风雨困山涧。

此夜此情传温暖,美哉颍淮好儿男!

42

夜静了,最是饥寒交迫的时候。紫砂夫人分了一整盒圣女果,大家都没有多余的食品了。敏儿拿出一小把开心果,就近给毛队,毛队闭着眼没说话。敏儿转手给了我一些,我又转手给了随风一半。敏儿又把一小盒牛奶强硬给了随风!男士们太辛苦了!竹子也和她身边的晴天等分享了一个小饼干、一个巧克力。天亮了一位女士说看着司机没有装备,就把仅有的一块巧克力分了他一半,没想到司机又把一半的一半分给了身边的另一位男士。也许有更多的分享我没有知道,没有看见,但我在感动着!

水声轰鸣,气温很低,我们瑟缩在夜色里。有人提议该生火取暖了。男士们找来很多木柴,树叶全是湿的,梅姐拿出卫生纸,毛队先点燃纸,再把饮料瓶子点燃,几个男士一起动手,居然生起了火堆。革命的乐观主义!大家围坐,说这样的篝火晚会终生难忘,以后每年这天我们都要聚聚以示纪念,回到市内要好好喝场酒,不许缺一个!湿水的人脱下鞋袜在烤,用棍子举到毛队鼻子上问他能不能闻到烤猪蹄的香味。可敬的高哥带了锯子,锯来好多木柴,他又拿出不锈钢茶缸,为大家烧开水喝。这可是比什么饮料都珍贵的开水呀。高哥一直赞叹每次去取水,海豚腿都为他照明!大家喝着热水,说着开心的话,我开始给随风讲我在青藏高原的故事,时间就过得很快,但峡谷底一直没有通讯讯号!等待天明吧!有站着的,有坐着的,有躺下的,怎么也不舒服。一会随风起身,让晴天来我身边睡一会。晴天在哪热闹在哪!她先是埋怨我:为什么随风坐得好好的,她来了就只有半个屁股的地方了?为什么她来了我就埋怨她压我、敏儿也压我?随风看我们笑闹接话说,我趴他腿上的时候他腿也酸了,是坚持着没动呢!这就是男人,其实当敏儿依靠我的时候,我只能把重心靠在随风这面,如今晴天和敏儿一起挤压我,这可真是受不了!就这样说说笑笑,接近黎明了!高哥好像为大家值了一夜的班,我就没看见他睡!

黎明中寒冷的队友

天色微微亮了，又飘起了小雨。毛队要到山崖上面去看看那些人如何，还说看看有没有信号。他转了一圈，又回来了，雨雾大了点，看着高大、衣衫单薄、头发湿透的他，我展开雨衣让他避会雨，他推辞不用，过了一会还是有人给了他一块救生毯，他披挂在身上。

天大亮了，他只身爬上山崖去探看。我们翘首以待他的归来。不多会，毛队返回，带来了上面人的好消息，说穿山甲昨夜就打通电话，当地导游天一亮就会出发来接应我们。这让我们的等待有了希望。我知道，没有接应，昨晚的事实，我不可能自己爬上山顶的。又等了一会，大家也都不再困倦了。雨继续下着，毛队说能过去一个就先过去一个。让紫砂夫人先过。平时柔弱的紫砂一句话也没说，点了下头就立即出发。我担心地指责毛队：你怎么可以让她先上？毛队轻声说：我心里有数，没问题！在大家的注视下，紫砂越过激流，一步一步攀援，虽然缓慢，但终于上去了！我悬着的心才落下来，不禁感叹紫砂的勇敢和榜样作用，感叹毛队和紫砂夫人之间的默契。

等到近十点，终于看见两位支援的男士到了，大家心里都很激动！知道他们带了足够的绳索！毛队立即组织大家前进，高哥还是建议我和敏儿中间上，于是我第二次拉住了那条绳子，在雨中爬到了昨晚的位置，一位地导在中间险要处接应了我，嘱咐我抓紧绳子任何情况下都不能松开手，并用力往上推了我一把。我又前进了一段，上面那段我知道我不可能上去的，腿没有那么长，这超出了我的力量范围，坚持要上面的地导给我栓保险绳并借力拉我，他同意了。下来把我拴好，自己又上去，这险要几乎垂直的一段，我

王灵芝 ◆ 著

泥水中用膝盖和手臂着地,拼命抓住绳子,地导在上面用力拉,算顺着山崖把我给硬拉上去的。我伏在一棵树上大口喘息休息,导游算完成了这一段任务。瀑布上方的这一段,没有绳子,要转过弯才有绳子可抓。这转弯的一段脚下只有一脚宽的地方,下面即是百丈悬崖瀑布。我早已看好了地形。导游注视着我,不断地提醒我,说转过弯就有人接应,我慢慢爬行移动,没敢换脚,终于转弯看见了绳子,抓住绳子那一瞬,没看见接应的穿山甲,我放开声音喊他,他从远处慢慢过来,拉紧我的手,帮助我转身并抓住了一棵树,终于安全了。我也嘱咐他千万小心,这才在他的指挥下一步一步抓住下一段绳子,翻过几块岩石,下到水流边,看见了先上来的驴友!他们都在注视着我,鼓掌迎接我,那一份欣喜!我又爬过了一道坎!来到他们昨晚休息的一个小山洞,有人立即递上食品,说是地导送上来的!雨又下大了,我全身已是泥泞不堪,外面是泥水,里面是汗水!这又有什么关系呢,上来了就是胜利!我又和他们一起翘首以盼下一位上来的人!

灰太狼

今夜有幸守洞门,四位美人笑吟吟。
尽显狼性真本色,岂惧风寒夜沉沉?

洗净了手和脸,衣外湿透衣内汗透的悠然

接近中午,雨越下越大,终于毛最后一个平安上来了。大家分享着地导带来的食品,毛队说不早了,还是快点赶路。这时候我们吃了东西，又有了外援，大家信心倍增。每个人都是亲人一般，说说笑笑前行！再崎岖的道路在我们脚下也都不算什么了！我便和地导攀谈起来，问明了昨夜的情况。原来是穿山甲和毛队商量了决定我们下撤的，他在上面高处有信号的地方，联系了我们最后一站停车的农家。说明情况，他们安排人支援的。昨夜我们住宿的农家等待我们归来，十点多不见，他们就连夜骑摩托车到进山口的那个农家打探消息，他们商量如何支援！但夜间不能进山，天刚亮两个经验丰富的地导就带着绳索和食品，骑摩托车进山路，又徒步了四个多小时才找到我们的。其实我们虽然当时没信号，也知道外面的人不会不管我们的！谢谢穿山甲的联络，谢谢他们的支援！谢谢这一夜共患难的每一位！

王灵芝 ◆ 著

　　雨中前行了一段路程，依然是过水爬山。这是第五次打绳子的地方。上山坡，道路湿滑。前面一块大岩石堵路，只能翻越过去，清楚地记得晴天她们都过去了，停留在石头后面山崖边我们看不见的地方，说不能再上人了，穿山甲呼叫毛队，要再打绳子，毛队他们把绳子拴好，我身边的铁观音说他先上去，好拉我们，我就这样被他拉上去，才看清上面是一处不太陡峭的远距离山坡，但太湿滑。我抓住绳子，脚下是一段树根，下面悬空，不敢有任何大意，慢慢移动脚步，总算过去了有点危险的那一段。毛队先行，让我抓紧绳子，他上了一段再让我上，爬过这一段长长的山坡，还是累得气喘吁吁，上到山顶，才看到只能容纳不多的人立足。这是真的山顶，往下看不到底，而且陡峭险峻。反正有地导在，他们总有办法的。我坐在比较安稳的不能看见两边山下的地方，裹紧了雨衣，大雨随着雨衣往下流。风猛烈地往身上钻。我们像寒风中颤抖的树叶！远山迷蒙，雨雾一片，近处的树枝上都挂满了亮晶晶的雨点，很是可爱，小雨点聚集大了，就很重地砸在身上，铁观音说谁砸了他一下？我回答是雨点！

绳子够了，地导和穿山甲先下去探路布绳，毛队在上面负责安全绳。我们一个一个开始下滑，勇敢的先下去，后来让湿透的敏儿、海豚腿下，大家客气起来，因为上面太寒冷了。几位男士在毛队给女士栓保险绳的时候，没用保险直接下去了。我稳坐山头一直哆嗦，还是高哥建议让我下去。我不敢站在毛队立身的树边，森林木拉着我，毛给我拴好了绳子，我反复提醒森林木和毛队要随时提醒我如何抓绳子。拼了，下去，没有看一眼下面，我只抓紧绳子慢慢放绳，慢慢脚踏稳当再下降，就这样也是顺着泥水，不时以膝盖做支撑点，不知道费了多少时间，终于可以站稳了，下面等待的人大声喊我解掉安全绳，原来安全绳就那么长的，稳住身形，也不害怕了，抓住石头树木，终于下来了，跳过溪水，哎呀，这全身又泥水雨水湿透了！

已经过了中午，也不去清洗全身的泥污了。她们递上食品，说还有几个小时的山路呢，我就感觉必须补充能量了。穿山甲已经带人先行了一步，我们和地导一起等待最后下来的人。我看见高哥媳妇下来了，她突然摔倒在左侧的山崖上，我们惊呼抓稳，可谁也帮不了她呀，她还是自己慢慢调整好重心，慢慢下来了。我迎接她的那一刻，她说手都擦破了，我才发现我的手也是青紫一缕缕！还有老田姐殿后，这几位把寒冷留给了自己而让弱者先下了。男士中，我也分明看到了高哥的体力不支，他不可能像年轻人那样身手矫健。终于毛队最后一个下来，我们正担心他如何收绳子，就发现，他把绳子双起来挂在上面的树上，下来一段，站稳再收绳，再一次双挂绳子,这样几次就让自己安全下来了。真小看了他呀!智慧科学,在这里最好地体现了出来!

我们把最后的一个馒头和两根火腿肠留给了毛队。我很后悔刚下来时不该吃了一个半馒头,我怎么就没想到后面的人呢?毛队应该是湿透地站在最危险的山崖上,没有雨衣,一个一个为我们系好安全绳,一个一个往下放,这一程他费了多大的心力!问他冷吗?他说没感觉到!大家都平安下山了,地导说没有再需要打绳子的地方了,还需要大约三个小时的路程,最后一段路就是你们的"高速公路"了。我们欢呼起来,脚步更加轻快了,雨也停了。

一路欣赏金黄的几乎和迎春花一样的连翘花,刚进山时我还和晴天说,这里的迎春花比江南的小多了呢。这一路溪水潺潺,山花烂漫,枯萎的野草茂密,枯黄色中不时出现几株樱桃花、琵琶树花、杏花。一路和地导闲谈,他说这一处开阔的地方是当年白莲教的练兵场,这山里可以隐藏百万雄兵!举目望去,这一带也是水流潺潺,很多的果树开花,四周远山连绵,有几处断更残垣,还真是可以想象当年的风光!

白莲教练兵场

安全回到出发点,农家早已备好饭菜,能喝酒的这会也都没客气!酒壮英雄胆,有几位明显是喝多了!大家提议,回去周末就重聚,一个都不能少,甚至有人提议,每年的这一天我们都聚会,珍惜纪念这一个共患难的风雨夕!

每一个人都是那么仗义和宽厚,我们一起经历了艰难,还有比风雨中历练出来的情谊更真挚的吗?我们的精神境界会因此次旅行而上升了一个档次,我们还有想不开的情结吗?我们户外人的心胸是博大而悠远的。

在山川面前,人渺小的不如一缕云烟,在历史面前,人匆忙的不如一片落叶。还会去计较什么争执什么呢?还会去执着红尘的恩怨得失吗?珍惜、珍重。归来,女士们在阜阳白金汉宫阳光店宴请挂鼓楼归来的八位男神!酒酣之际,作词以记之!算是送给同行的驴友们的一份情谊吧!

临江仙·颍州重聚

推杯换盏阳光店,实难忘共患难。杨柳百花醉春天,晚风笑重聚,华灯人嫣然。

攀岩走壁恋山川,飞泉流瀑共欢。烟雨迷蒙绕峰巅。一夕风雨寒,温情驻人间。

如梦令·竹子

悠然转转山谷,
想拥山川河流。
轻声慢语间,
缓缓移动莲步。

记住,记住,
谁家女子静柔。

如梦令·一米阳光

一米遥望何处?
远观如何上路。
此刻正沉思,
引领女士飞渡。
仰慕,仰慕,
期待携手征途。

(穿山甲、游戏人生、随风、灰太狼、竹子、铁观音、森林木、晴天、秋风、一米阳光、燕子、放手、紫砂、海豚腿等,都是户外网名。)

王灵芝 ◆ 著

沙颖河畔春意浓

——大美阜阳毅行太和

旅行的脚步，只要迈开就不会停下。芳菲四月天，颖河岸边开启一场脚尖上的旅行，一场毅力和勇气的考验。

清晨约两千多人从临沂商城出发，目的地是太和樱桃园。春日里的清晨依然有一丝寒意，高哥把我们送到集合点，彩旗飘飘，这里早已聚集了很多人们，艳丽的橘红色服装，很是醒目，人群中突然看到了一起徒步百公里的传奇，意外的相遇我们立即拥抱，徒步让人与人之间建立了深厚的友谊！

跟随旗帜，我们一行女士出发。上了河坝，路边芳草萋萋，清风送爽，缕缕暗香令人醉；远处麦田无际，阳光普照，点点村落于其中。高大翠绿的白杨映衬着蓝天白云，我们融入了无边的绿韵里。远离了城市的喧嚣，满眼的绿色，满怀的春风，满心的欢愉，这水岸、这田野、这村落回荡着我们的欢声笑语。

本来和沧海说好，一起慢跑。他等朋友我们就先出发了，一会儿他步行赶上来，一个拿着小旗的年轻人跑步上来，沧海就一溜烟随他跑了,这也激起了我的兴致,女士速度当然不能和男士相比,我也慢跑吧。不怕慢就怕站,这慢跑也总比徒步快。欢乐的心情,青春的意念,我一路超越,一路绿色,一路获得鼓励,很轻松跑到第一个签到点。真好! 牛奶、苏打水随便喝,每一个志愿者都是那么开心地迎接我们,还有医生、护士、摄影师等,这心情又得到了感染,沧海在这里等我好久了。还是客气地请他先行,我随后。

第二程好像人少了点,不再拥挤,但景色越发的青翠了。白杨的叶子青翠欲滴不见一丝黄叶,可以看见清澈的河水和三两驶过的小船;岸两边是大片的油菜田,油菜已经满是菜籽夹,可以想象前些日子,这一河两岸是如何的金黄灿烂! 我穿着翠绿的速干衣,黑运动裙,罩着白色的防晒服,带着白色的有纱边的帽子,慢跑在这样的绿色里,感觉年轮已在脑后,谁说我不是青春飞扬呢? 没有了少年时代的浮躁,有的是坚强和毅力! 前面的路依然是青翠的!

王灵芝 ◆ 著

我超过了一个小伙子,他很友好地向我微笑,我也想歇息一下,就随他而走。小伙子很健谈,说前几天他陪70多岁的老母亲来这走过,这里是老母亲当年下乡支教的地方,母亲念念不忘这里的人们和河岸,她在这度过了十年的时光! 小伙子反复让我看河岸,说着河岸有多美! 我感受到了他的情结! 他恋恋不舍,那就慢慢欣赏吧。告别这个微胖的汗流满面的小伙子,我依然跑步向前。跑跑走走,我还是超越了很多人,当然也有跑步穿越我的!

这时候,到了一个村庄,远远看见前面有几条狗,我停下脚步,后面不远处是一位男士,直到他近前我才和他一起走,那狗儿们还是追着我们嚎叫,我就吓得抓住那男士的衣服,哈哈,狗都交给他了！笑了好一会,狗也终于不追了。就和这男士走了一段,然后让他先行。

第三个休息点到了,聚集了一些先到的人们,天气越发的热了,喝了两罐牛奶,又拿了两瓶水随身,才出发,这太阳好像有点太热了！久坐室内,出门的路上就那一会也是打着遮阳伞,戴着墨镜呀。今天太热了,头巾罩在脸上,呼吸不畅,太阳镜遮挡我看原始的绿色,索性什么也不带,就这样前行！心里像着了火,一个劲地热和渴。一会后面的朋友打来电话,鼓励加油,慢跑好像心跳有点加速了,就跑跑走走,有两个年轻男士,追上我,其中一个说追我半个多小时了,眼看着快接近,但想赶上就这么不容易！我们都笑了！这是速度相减的问题呀！同行了很久,我越发的热,就去村庄停留了一下,看见好几位已经走在前面了。名次无所谓,我在努力呀！

这时候前后能看见的人不多了。水泥路面不再,已是砂土路,灰尘很多。我是又热又渴。头顶明晃晃的太阳,腿开始发软,想走快就心慌流汗,我简直想坐下不走了。心里默念着,百公里我也没这么难受,那时候走到半夜才觉得有点累的,但巢湖的风拼命往脖子里钻,我不走快就冷,还是跑快的。这怎么办？我仔细看着前后,没一个人了！前不见村庄,后不见村庄,坝子上就是白杨等杂木,路边明显地看到那是坟墓,还栽着蝴蝶兰呢,一丝恐惧涌上心头！我坐这休息,不就等于大中午坐墓地里吗？必须走！

好一会儿煎熬,后面的一位队友赶上我,他让我和他一起走,我说实在没劲了,又过了一会,一位跑马拉松的超过了我,我心里很高兴,这总算有人了呀！又喝了一瓶水,好像恢复了一点体力,我开始稳步向前。过了一会儿,有两位男士同行,他们的脚步很快,赶上我时笑着鼓励我再跑一会,原来是先前我超越的人。还羡慕我跑得快呢！我也被人羡慕过？而且还是这么健壮的人？事实自己都可以笑几天了！奇葩！在他们的鼓励下,我又来了精神,他们一直稳步走，我就走走跑跑的尽量赶上他们！就这样又走了很远，我还是跟不上了。

慢下来，有五位男士赶上，这时候已是水泥路面。一位放着音响，很有节奏的动感音乐！我的精神为之一爽，大家也都很热情和我打招呼。还直夸美女走得快！能力都是夸出来的！我们说笑着，我便跟着音乐用印度舞的步伐走路，也就是用胯带动腿而不是用腿直接走了，高举手臂，舞动手指，也很快不感到手指充血了。我一舞动，后面的几位好像也来了精神，我就在心里想告诉所有徒步的女士们，印度舞是世界上最适合女士的舞蹈，美丽又增强了身体的柔韧度！就这样我们来到了第四个休息点！

看见志愿者们吃饭，也没有一丝饿意，就是渴，喝了两瓶奶，两瓶水，又带上一些，才出发！这时候转入城区，水泥路面，也有阴凉，比较好走，我就跟在有音乐的那位身后，不敢掉队，路口有警察值班，有志愿者引路，一路有市民观看，我们直接前行，目标樱桃园！

上了太和大桥，转弯进入湿地公园，沙颍河尽呈眼前。这时应该是一天中最热的时候也是我最困的时候，步伐又开始艰难！前面的那位我再也跟不上了，我就放松心态，观赏湿地风景。这规模很大呀，这路我看着这么远！河边新修的小路上有人搭起帐篷，遮阳避光，河风吹过，几个人在里面打牌，真是会享受！一对年轻人手拉着手在亲密地散步！这里再过几年，绿化成型，这樱花盛开的季节，这中华诗词之乡，该会吸引多少游人到此呀！太和人风光了！

正遐想间，赶上了前面两个大小伙子。即刻向我问好！看着他们歪歪斜斜的模样，真的感受到疲惫！他们的橘黄色的 T 恤上一圈圈白花花的汗渍，一片片还在湿透！我们三个便结伴而行，他们说是太和人，一早坐大巴去阜阳的。唉，这都是青春的力量呀！他们告诉我，前面就可以看到终点了。我们三个要是一起到，他们

王灵芝 ◆ 著

俩就甘愿让我排前面！哎呀，这还真是太和人的高风亮节呢！

很快，我喝完了最后一瓶水，积蓄了力量，我们以最大的毅力加速前进，正面迎来骑行的老洪大哥，大大夸赞了我，说有人早已在终点惦记我该到了，等着迎接我呢，这又是一份感动！走快，看见了终点的彩旗，看到了终点的红丝带，看见了静妹妹和高哥在呼喊我加油！跑步冲刺过去，志愿者为我敲响了铜锣！

站在终点的红台上，我发自内心地笑了！人生没有迈不过的坎，只有走不完的路！努力了，尽心了，挑战了，超越了，就是无憾！寒风刺骨的巢湖大道走过了，烈日当头的绿韵河坝走过了，翻山越岭穿峡谷攀岩壁也走过了。脚踏实地的途中，你会发现同行的人没有一丝不好！大爱、友谊在行进中传播！人性的美德在行进途中闪耀！

壮美武功山

——5.1 春色无边

王灵芝◆著

腾飞的领队大伟

　　五月的山川,已经洋溢着浓浓的春意。北太白,南武功,都是驴友们心驰神往的地方,江西萍乡武功山,是一个曾经寄托我梦想的地方。踏出户外的那一步,我就在《许你一程山水》里写道:

> 让星月引路吧
>
> 去武功山看万亩草甸
>
> 和着今晚的月色饮酒
>
> 为一朵花的灿然
>
> 舞一曲今夜不醉不还

向往那云起云涌的地方。那万亩高山草甸，素有"天上草原"的美誉。多想在夜色下，数着星星饮酒，看帐篷里的灯火，然后和着音乐，在这纯净的高原草地上起舞，舞出往日的疲惫、世俗的烦忧，舞出一个清清朗朗的新境界！

本计划在金秋时节去武功山的，一次偶然的机会，却让我在没有心理准备的情况下，立即出发。

夜色中三十一人乘坐大巴出发，夜半在高速服务区支起帐篷休息了几个小时，天没亮又紧急出发。穿隧道，转山岭，天亮时看到的景色完全不同于开阔的颍淮平原。两边青山起伏连绵，修竹、树木摇曳生姿，我们穿行在无边的绿韵里。心情为之一爽，无限向往地到达武功山脚下，十点多，我们背上行囊，徒步登山。

雨后的山林，满含湿漉漉清香的空气扑面而来，满眼的绿韵让人心神荡漾。上山，但见深壑幽谷，泉水叮咚；树木修竹，极尽翠色。杜鹃如一团团火炬在青绿中盛开，这是意外的惊喜，都道"人间四月天，麻城看杜鹃"，在这里不也可以欣赏这怒放的花朵吗？爬山的速度很快，就为多看那几丛鲜红！这一路几乎都是上坡，爬一会就需要平稳一下气息。泥泞且有点陡峭的山路上，行者不绝，同行人中居然有抱西瓜上山的，这会不得不找个地方，大家把西瓜解决掉了。山林里密不透风，很快我们就大汗淋漓，气喘吁吁。有几位第一次出来的"初驴"叫起苦来，这才是万里长征的第一步呀！同行中最小的驴友王澄钺才九岁，他自己爬山，没让他父亲拉

【一生痴绝处】

他，我们看看这孩子，还能说自已走不动吗？继续前行，遇到年轻的父母带着更小的孩子爬山的，这都是教育的新理念，孩子不能做温室里的花草。

王灵芝◆著

近两点，领队大伟让大家在缓坡处休息并简单午餐，大家虽然很多都是第一次同行，但还是很热情地分享着各自的食品，友爱在温暖地传播。

继续前行，随着大伟的音乐，这脚步轻松了许多，一阵风来云来，就一阵雨来，这高山的气候变化就是如此之快！杜鹃花也渐渐多起来，玫红，深红，淡红，花色缤纷，令我惊喜连连！三点多钟我们登上了一座山峰，在山脊上行走，植被发生了变化，高大的树木修竹不见了，多是矮小的松树灌木和丛丛杜鹃，继续前行，这山居然没有了一棵树，一望无际的是禾草和蕨菜等草丛。站在一座山顶，俯瞰山谷树木翁郁，远观群山连绵，芳草无边，身边杜鹃点点，天空白云悠悠，一阵风袭来，山谷顿时迷蒙，眼看着白云游走，送来阵阵微雨，欣然为诗：杜鹃含笑待君至，碧草烟笼伴君行。日升日落醉云霞，无限风光在高峰。

带着欣喜，我们看前方的游人行走在山脊云间，一会儿碧海蓝天，一会儿云雾过来，几步远就什么也看不见。大伟说，前面就是著名的发云界了。顾名思义，看到了吧？我们几乎在云里漫步，平坦处便是会飞的仙女了，飘飘荡荡来到一座高山顶，眼前什么也看不见，身边牌子上清楚写着"发云界客栈"，正迷茫间，云走屋现，脚下就是几排木屋呀！不到五点，我们来到木屋休息！两人一间木屋，一张床一条被子，有幸认识荔枝并同室而眠，缘分不浅呀！

悠悠万古，青山不老，发云界云雾升腾，这里就是我可歌可舞可吟的地方吗？群山笼罩在浓浓的云雾中，几步远就看不见人影，这美丽的高山草原隐藏了她美丽婀娜的身姿，把无尽的遐想留给了我。

客栈周围扎了许多帐篷，五颜六色的，别具风情，夜的来临，帐篷里有的亮起了点点灯光，云雾中若隐若现，风疾雨湿，只好待在木屋里。夜半，疾风暴雨敲打着木屋，这外面帐篷里的人该如何渡过今夜？天还没黎明，即起身开门观看，雨依然下着，有的帐篷明显没人了，撤回了木屋，有的浸泡在

水中。云雾依然弥漫,简单早餐后,我们全副武装集合整装待发。

如此父爱

大伟和收队很细心地一遍一遍查点人数,叮咛大家一定要跟上队伍不可单独行动。当地导游引路,风雨中我们踏上美丽的高山草甸征程。第一个山坡,我因等后面的泥巴兄弟,落后了,但看见前队已走远,就疾步追赶。上了一个小山坡,风裹着云雾把我吹的几乎不能呼吸,心脏急剧跳动,我惊愕我难道有心脏病,会死在这里? 停步休息了好几分钟才缓过气来。我明白了,为什么我看登珠峰的人,就差那几步,有的也没能登顶。高原不是逞强的地方,不可以急剧运动! 平稳呼吸最为重要! 明白了就缓慢前行,不断提醒前后女友不可疾行要注意呼吸。

大风泥泞中,我们前后单行翻越了一座山坡,行进间,前面一女士突然滑倒翻滚下山,我惊愕地瞪眼看着她翻滚了两次,背包垫住了她的身体,没有继续下滚,她身边的男士们用登山杖把她拉了

王灵芝 ◆ 著

上来。我们亲眼看见她翻滚那一下，所有的人都无能为力去帮她，看着深不见底的雨雾山下，惊恐自内心升起，庆幸我们的女友平安，领队不断提醒每个人小心脚下，风太大时要匍匐前进，不可站立，跟紧队伍！走几步就不能呼吸，有的人雨衣被刮烂，有的人雨衣被刮走，就这样慢慢行进，全身冷得瑟瑟发抖。

走了大概不到两个小时，来到风云客栈。这里只有空房子了，许多下山的人和上山的人在此避风，下山的人劝告不要再上了，太严酷。而在这里也不能久待，体温很快下降。看着风中的小澄钺，这孩子没有一丝恐惧，只瑟缩在雨衣里。地导也不想再走了。大伟立即说此处不能久停，愿意挑战自己的就随他上，感觉不好的就在此下撤，结果刚才摔倒的那位女士等十三位驴友下山，还是地导带我们十八位包括小澄钺继续前行！我当时说：都说太白的严酷远远超过武功山，我们要连武功山都没有过去，那以后还怎么在驴群里混呢？身边的人哈哈大笑，我们的目的就是领略这连绵几十座高山草甸的魅力呀！年近六十的太和驴友三耳鹿也没有退缩，小澄钺的父亲用绳子把他拴在腰上，我们再次出发。

不知道爬过了多少坡，翻越了多少山，就这样在疾风云雾中前行，也无法欣赏远处的美景了，过了一会领队就在背风处让我们休

【一生痴绝处】

息并清点人数。这一次不好，不见了三耳鹿等三人。这迷雾中如何去寻？出发时大伟就交代前面的不可超过他，后面的不可落后于收队。没有信号，联系不上，大伟问清这一处叫五花山，还问这之前有没有迷路的，地导说今年二月份，北京来的一位驴友走失，到现在还没找到呢！这加重了紧张气氛，大伟决定我们继续一边前行，一边寻找。

我们带着担心和不安前行，有人不断地打电话，希望他们三个不要走散。前行了很久，我们在一座背风的山坡上吃了午饭，还是不见他们三个，又翻山前行来到一个废弃的老房子前，这里聚集了很多驴友，大家再次避风休整，大伟在人群中呼喊寻找那三位，终于在山坡前看到了也在找我们的三耳鹿。大家一阵欢喜，原来这三位走在了我们前面，他们还一个劲怕掉队而"追赶"我们呢！

汇合让大家欢欣鼓舞，地导说我们刚才爬的陡峭的山头叫好汉坡，下面更严峻的考验来了，是"绝望坡"，说人会爬到心碎绝望。没有退路，只能向前了。风依然很大，地导说有七级，风口有八级吧。这绝望坡不敢轻心，补充了食品能量，我们前进，一直登山，眼看着到了一个山头，还没来得及喘口气，又看见前方依然是更高的山头，而且我们都是走在山脊上，两边云海茫茫，深不见底，最窄处不足一米宽，必须匍匐前进，不能被风吹倒，还不敢掉队，汗水湿透衣衫，稍微停留，寒风又直往身上钻。索性什么也不看了，只看前面人的脚，前者怎么走，后者就怎么跟，真数不过来上了多少山头，终于可以下坡了，比上坡还麻烦，陡峭、湿滑，大家特小心，也是不一会就有人摔坐地上，有人说摔了四五次了，但无大碍。沿途奇石突兀，又见鲜红的杜鹃花，在云雾中婀娜多姿，不经历风雨，怎么能看到如此奇景？置身户外，苦和累不会让我们退缩的。终于下了绝望坡，整队休息，这次一个都没有少！大家嬉笑着说，这绝望坡不过如此，做好绝望的心理准备，还没绝望呢，这怎么就过来了？

强风后的宿营地

每个人看起来心情都好极了。前面就是今天的目的地——金顶了。风好像小了很多，雾气更大了，在一个草坡上大家分享着各自的食品，一位大姐带了情人梅。本来垃圾我们都是随身带走的，有人说把情人梅的核就留在这里，几年后梅子成林，我们再来此约会！多丰富的想象！这武功山以后的梅林成荫还是我们的功劳呀！

到达金顶农家住宿，这是一座佛教古刹。殿宇前扎满了帐篷，我们赶紧点菜吃饭，没有一个不饿的！准备开席，有人跑来说天晴了，赶紧出去看云海，我抓起相机跑到山坡旁，很多的人都观看。云浪在青山绿水间翻滚，晚霞映红了西天，白云变幻多姿，夕阳慢慢落在升腾的云海里，彩霞满天！我惊愕地站在山坡上，心为之震撼！摄影师泥巴跑得不见了踪影，我不耐高山风寒，哆嗦着回到了农家，泥巴没有回来，他不吃饭，忍饥挨饿也要拍到最美的风景，这心态我理解，只可惜不见了他，不然再冷我也会跟着他看的。泥巴很久才回来，就吃了刚才的剩菜，约我们晚间一起去看金顶的夜色。

王灵芝 ◆ 著

我借了冲锋衣，又裹紧了雨衣，我们和女收队一起来到了金顶山头，这是观日出的地方，附近都扎满的帐篷，有人在放声高歌，这原本是我想要做的：饮酒、高歌、起舞！但今夜我不能，只静静地坐在碧草间，天空是湛蓝的，几点寒星亮亮地点缀着夜空，一轮圆月高悬，冷清的光辉普照山川。远山如黛，依然云雾萦绕，这云海真如大海一般的波澜壮阔。女收队幽幽地说：假如有一天想不开，要死也要死在这样的地方！

风可以说是极其寒冷，我们不远处有一对年轻人也在欣赏夜色，月光下他们的剪影是如此的美丽，泥巴说要给他们拍剪影，我随即附和！都说婺源是情人们的天堂，那一份际遇会唯美了整个春天，这金顶的夜色，不也可以记载一段绝美的佳话吗？希望这一对能感受他们年轻时代的美好，白发回首时再相携来此回味！受他们的感染，我不禁在心里吟唱：

去吧，去吧/莫让心儿搁浅/山一程水一程/我把思念揉进今夜的明月/从此歌声柔婉

月下情侣

悠然祈月

　　山水会涤荡沉淀一份心思，希望一份本初的纯净永留心间！大伟安排好，明晨四点多，愿意看日出的起来随他上山。冷清的星空下，他裹了棉被上山，我也借不了冲锋衣，就裹着雨衣上吧。我们在金顶，和众人一起等待，很快天空出现亮色，一团橘红色的亮点跃出云海，慢慢上升，终于在人们的欢呼声中光芒四射，一轮红日在洁白的云海上光耀无限，这情景怎一个震撼了得！人群渐渐散去后，泥巴又带我在附近山头转悠了一圈，这情景让人流连忘返，不忍离去，只能尽可能地留存心底。

早餐后我们集合，从金顶出发下山，今日看清了草甸的真面目：群山连绵，碧草青青，白云悠悠，和风拂面。我们以悠闲留恋的心情慢慢下山，不似昨日的原生态泥泞，都是石砌的或水泥的人工小道。随着海拔的降低，草甸逐渐有了灌木，有了松柏，又见高山杜鹃，却都是粉色的了。

我钟情于这花的精神，南宋杨万里写道："何须名花看春风，一路山花不负侬。日日锦江呈锦样，清溪倒照映山红。"杜鹃别名映山红，普通的像村姑一样的名字。长空万里，疾风冷雨，这壮美的杜鹃花深藏在天外之境，只有攀过千级石阶，爬上一道道山岭，付出足够的汗水，到达千米之上的雄山峻岭，才能一睹它的芳容。此花远离世间，傲立高山，隐于云端，风寒酷暑，惊雷闪电，高洁绝俗，纤尘不染。无论风云如何变幻，每年都会在这仙境般的云天世界里灿然，这是健康天然的美丽，不娇柔但妩媚！洋溢着一种尊严、惊艳之美！

下山的路，慢慢从云端回归红尘，台阶蜿蜒，处处深壑幽谷，峰回路转，悬崖峭壁，飞泉流瀑，修竹茂林，杜鹃几丛灿然。游人多起来，有

穿高跟鞋长裙的美女,有穿拖鞋光腿的少年,有几岁懵懂孩童,有八十白发老人,有攀爬的,有坐抬椅的。游人各色,存在就是合理吧!

小英雄的胜利雄姿

一座名山,从山脚到山巅,涵盖了四季,三天的跋涉,从阵雨登山,到暴雨来袭,到疾风云雾,到峰顶夜寒,到下山的风轻云淡,艳阳流汗,这是岁月风景的浓缩吧。回望云雾山巅,内心升起一种力量,其实这条路每个人都能走下来,意志、信念、挑战、超越。我们在驴行途中也会累,但我们获得了一种源自内心的力量!去迎接风雨苦寒,去欣赏绝美风光,去跨越一道道人生的坎,给自己一片蓝天!

也许,金秋,我还会携酒再来。武功山,一个可以超越自我,放飞梦想的地方!

武功山上映山红

　　传说美丽的世界是天上的星、地上的花、人间的爱所组成,世人对花抱有不同的情感,并以花寄托种种思绪。多少好花空落尽,不曾遇见赏花人。花和人是需要一种灵犀的。

　　无数次在园林里见过杜鹃,开得很是灿烂茂盛,当时也只觉得繁盛罢了。一次飘雪的季节在茶楼看见盛开的杜鹃,觉得此花很有生命力,在寒冷的季节里给人一抹温馨。和朋友们谈及此花,才知道杜鹃又名映山红,开在高山上才是它的本色。原来无数次高歌的《映山红》,这火热年代里代表革命浪漫的情怀花儿就是它。

　　逐渐关注起这花来。从林晚文友的文字里看到他对麻城杜鹃的赞美和惊叹,内心就产生一种向往,觉得"人间四月天,麻城看杜鹃"是件唯美的事情。携情人也好,携友人也罢,在那满山红艳的花海里徜徉,一定会有一种忘却了岁月的情思来飞扬心底的念想。

　　南宋杨万里写道:"何须名花看春风,一路山花不负侬。日日锦江呈锦样,清溪倒照映山红。"好一句一路山花不负侬!花我两不负,此景可堪忆!念念中,四月麻城花未开,终于没能成行。五一小长假,临时决定去武功山领略草甸春色,不期在千米高山上偶遇心仪已久的高山杜鹃。这一份际遇,惊艳了整个行程。

　　上山的时候,修竹树木摇曳,溪水叮咚,各色小花也见了不少。中午过后,爬到海拔很高的地方,看见葱郁的绿色中几点鲜红,煞

王灵芝　◆　著

是光艳好看,越往上爬,花开得越多,怀疑这花名,问了下山的当地山民,才知道这就是高山杜鹃花。这意外的惊喜让脚步轻快了许多,就为了多寻几丛这美丽的花儿。

在山脊上行走,随着海拔的升高,植被也发生了变化,不见茂林修竹,多是矮小的松柏树和灌木,鲜红的杜鹃点缀其中。高山的气候变化真快,一阵风来云来,就一阵雨来,杜鹃花也渐渐多起来,玫红、深红、淡红,花色缤纷,令我惊喜连连!继续前行,这山居然没有了一棵树,一望无际的是禾草和蕨菜等草丛。

站在一座山顶,俯瞰山谷树木蓊郁,远观群山连绵,芳草无边,身边杜鹃点点,天空白云悠悠,一阵风袭来,山谷顿时迷蒙,眼看着白云游走,送来阵阵微雨,欣然为诗:杜鹃含笑待君至,碧草烟笼伴君行。日升日落醉云霞,无限风光在高峰。

我钟情于这花的精神,悠悠万古,长天万里,疾风冷雨,迎雪傲霜,这壮美的杜鹃花深藏在天外之境,只有攀过千级石阶,爬上一道道山岭,付出足够的汗水,到达千米之上的雄山峻岭,才能一睹它的芳容。此花远离世间,傲立高山,隐于云端,风寒酷暑,惊雷闪电,高洁绝俗,纤尘不染。无论风云如何变幻,每年都会在这仙境般的云天世界里灿然,这是健康天然的美丽,不娇柔但妩媚!洋溢着一种尊严,惊艳之美!

花开花落,带给人们许多对生命的感悟。记得幼时看过刘晓庆主演的《小花》,那战争年代里的亲情演绎的令人泪水涟涟,也喜欢在夜晚坐在院子里看着星月高唱《妹妹找哥泪花流》。刘晓庆质朴的形象已印在心里。若干年后,知道了她的不同寻常的经历,她曾说:

我是昆仑山上的一根草。她在秦城监狱里，一夜之间白了头，而后很快调整自己，每天坚持跑步、洗凉水澡、读书、写作、自学英语。我觉得她是一个知情懂义，有不屈毅力的女人。幼时我看她那模样，如今几十年过去，她反而更美丽了。岁月不曾让她失色而愈加鲜艳。这高山杜鹃让我联想到女人该如何迎接风雨，如何尊严做人。

以前自喻是深林中的一株灵芝草，不想闻达光鲜只愿沉寂安详，当风雨来袭的时候，我步入更高的山巅，不沉沦于闺中而行走于山川。如今偶遇这高山杜鹃，希望自己能融化其中，于云雾中笑看有缘人，不管会不会有行者驻步，都会灿然于高山云端，让微笑温柔苍茫的岁月。

王灵芝 ◆ 著

巍巍太行

引 子

八百里巍巍太行,挺起燕赵的脊梁。太行山是一座拥有厚重历史的山脉。作为行者,脚步一旦迈开,如何能停下? 对于山水,这是宿命般的眷恋。不知道是太行山的召唤,还是心灵的向往,渴望去置身山中,遇山崖攀岩而上,过丛林披荆而行。每一座大山,都有其独特之处。黄山归来,感觉它就是一位披着面纱的少女,云雾中欲出还藏,婀娜多姿,妩媚绝伦。这太行山脉,巍峨耸立与中原之地,它又是怎样的一番壮美呢?

夜至双底村

五月的一天出发,天气晴好,红日西天,一会普照无垠的泛黄的滚滚麦浪,一会隐在村落和高大的杨树背后,让久坐办公室的我们,看尽了颍淮夕照。中巴车载着我们一行十八位驴友,在高速公路上行进,夜半来到一个黑漆漆的地方,说中巴车上不去,换乘了一辆更小的车,一路上山,午夜时分来到了今夜的宿营地:山西陵川县双底村。

王灵芝 ◆ 著

夜宿农家,清晨鸟儿婉转于窗台,闭眼倾听,居然还有喜鹊的叽喳、雄鸡的啼鸣。稍有寒意,推窗而看,这是东窗,崖壁峭立,不见天日,只见葱绿的几丛灌木里一簇簇洁白的山花开放。起身到户外,原来这是一处只有几户人家的村落,四面环山,一条新修的不宽的水泥路连接山外,路边一条山溪细流涓涓,太阳在山的那面,却是挡不住霞光万道。溪水边,有梯田样的菜园,几株山楂树开满白色的小花,遒劲的核桃树枝繁叶茂,不知名的树木也都葱绿一片。晨曦中,农家主妇在为我们备早饭,一条狗趴在锅灶旁,几只鸡悠闲地在草地上觅食,地锅木柴,一缕炊烟冉冉升起,升起在群山环抱的村落里。

早饭后我们整队出发,进入今天的行程——红豆杉大峡谷。

红豆杉大峡谷

红豆生南国,春来发几枝?不知道这珍贵的红豆杉会不会结红豆,也不知道是不是古人笔下的红豆,只觉得这峡谷中充满相思之意。以前在朋友的办公室看到两株蓊郁的红豆杉,但过一阶段再看时已经枯萎,年前有人送了我一大棵红豆杉,终是没有挨过冬日的严寒而落叶成干枝。看来相思树难栽,相思果难求,一缕能牵动心弦的相思更是难遇了!

进入峡谷,但见苍山绿水,壁立千仞,险峰峭壁对峙,气势磅礴,溪水蜿蜒奔流,悬泉飞瀑。各样植被翠绿,空气清新怡人。岩壁上裸露着褐红色的岩石,可以明显地看出久远年代的层次,难怪这里是历史上兵家必争之地,这千丈悬崖,笔直上下,真的是一夫当关,万夫莫开。顺着山谷慢慢行进,前行不多远,见到一处溪水,名曰"小壶口瀑布",水面很宽阔,有游鱼悠闲于其中,环顾四面青山,近听溪水叮咚,飞泉流瀑,游人一行,不觉沉吟:山高云低溪水清,笑观游鱼踏浪行。静听雀鸟唱山泉,不须伯牙奏琴声。昨日尚在喧嚣的城市,今日置身幽静的山谷,自古都叹知音难觅,不奢求知音,能在这可以想象知音的地方小坐,也是好的。

心情不错,让祁隆的《相思渡口》唱响流水,一路翻山越岭,尽情领略苍茫的山川,山谷里也有不少驴友,近前才看见是天涯的队伍,意外相逢美丽的景姐和鲁山共患难的灰太狼、游戏人生、铁观音、秋风等,心里的确欢喜。我们都是热爱大自然的人,困难面前我们没一个人退缩过,能在这莽莽太行山里不期而遇,这一行程增添了太多的温馨。

王灵芝 ◆ 著

其实登山不仅仅是为了登顶,而是在乎这一过程,一边挥洒着汗水,一边欣赏着风景,一边听着喜爱的音乐,一边还能想想前面可能是哪位熟悉的志同道合的人。中午过后我们登上一座峰顶,一块巨岩屹立山头,下面万丈深渊,站在岩石上,一股豪气在心中升腾:这里离天很近,浩渺的天宇、苍茫的群山、凌空的气势、雄壮的心态,一个人,逃离红尘,浩然问天:

悠悠万古青山碧,萧萧人去麓已苍。

散发高歌寄浮身,指天长啸在太行。

浩然天地,什么样的困苦可以压倒一位母亲的身心呢? 偶遇一米阳光夫妇,像这样能携手山水的夫妻人间能有多少? 一米已经做了两个孩子的祖母,我在心里也笑了,我也会等待那一天,孩子是未来更是翻越一座座山后攀上峰顶的希望。

今天行程很是轻松,午后我们就看到蜿蜒的水泥路面,来到今天的目的地:世外桃源马武寨。

世外桃源马武寨

一缕风的呢喃,弥漫一树树花开的绚烂。一座青石砌成的院门,掩映在洁白的花藤里,青石院落里几株山楂花也盛开如雪,墙角几丛芍药含苞未放,一串串玉米挂在墙上,这院落,曾几何出现在我的幻想里。有种游子归家般的感觉,洗尽一身的疲惫,换上干爽的衣衫,在这村落里转悠。

　　一对白发老人,坐在院子里高大的核桃树下剥玉米,一只老母鸡带着一窝小鸡围着他们咕咕地叫,我对他们微笑,他们也回我微笑,满脸的皱纹绽放出一种离世的恬淡。他们静默地坐着,记忆如烟,穿过岁月清寒,他们也曾风华无限,也许他们会翻山越岭只为彼此相看一眼,眉目是否依旧? 相守却是依然! 岁月的苍凉没有掩盖初相识的柔情,山水相伴不离不弃到白发苍颜! 问什么山外的世界? 太纷乱。想什么高官厚禄,都如烟。日子是平淡的日升日落,是步履蹒跚也能把你看得见!

　　　　山楂花开映院门,核桃枝茂树荫深。

　　　　苍颜相对两不厌,白云殷勤来探问。

　　五月的山里,湿漉漉的满含花木清香的风不冷也不热,水泥路面青石院落,都是干干净净的。农家的院落里,一丛芍药青翠欲滴,含苞欲放。将洗好的衣服晾晒在铁丝上,我也拿一个凳子,端坐在这院落里,捧一本书,想起久远的诗句:有情芍药含春泪,无力蔷薇卧晓枝。所有的花中,最钟爱的要数芍药,就因为它是"有情"的。可以不妖艳招摇,可以逃避风霜雪雨。把情深深藏在泥土中,就为那有缘的几日美丽!

　　　　一丛芍药石墙边,暗吐幽红向山涧。

　　　　玉砌孤影应有泪,半为情痴半为仙。

　　静默芍药旁,思之良久而心意沉沉……

转回房内，来自太和的室友说我们去看杀羊吧？立即回答不能去。大伟说，这山里的羊肉一绝，都是自由生长的山羊。我想呀，要是我看见了杀羊的场面，这肉一定是吃不成了，不忍！

夜色来临，农家做好了饭菜，我们两桌人就坐在院子里，土菜倒是别具风格，地道的汾酒。在这古老的村落里，驴友们开怀畅饮！看着院落里已经扎了很多帐篷，很多驴友也想痛饮三杯吧！美其名曰：驱寒，解乏！

想饮酒的就尽兴吧，今夜无人阻拦。红烧羊肉，很多年没吃过这么美味的羊肉了。推杯换盏，互相介绍，同样的爱好拉近了人与人之间的距离。饭后，一部分人继续喝酒说笑，我和荔枝、温暖等五人去山路上散步，夜风带来阵阵寒意，坚强的石头要把外套脱给我穿，他也会冷呀，灵机一动，就在路边农家借了一件衣服，很合适的红色运动服，悠然散步在暮色的山间。

远山如黛，笼罩着淡淡的云雾，玄月中天，一颗星星亮亮地眨着眼睛，温暖很细心地拍摄路面的野花，这群山里只见着一种花，虽小,但簇拥在一起,开得极为灿烂。等爬上一个山头,回望村落:灯光几点,闪烁在群山之中,几朵白云在深蓝的天空中懒散地游走,一切静谧安详……

偶遇景姐,给了个拥抱,偶遇灰太狼,给了个玩笑。这静谧的村落,因为我们的到来是添了生机呢还是带来了喧嚣?那石墙边含苞的芍药和静坐的白发老人已在我的记忆里了!

一线天至七星潭

对于行者来说,征服的不是山,而是给自己定的目标。不经过跋涉的艰辛,不会看到最美的风景。第二天离开马武寨,我们知道前方迎接我们的就是四面皆为千丈绝壁的马武群山,我们将沿谷底行进,通过一线天,去看七星潭。

进入峡谷,立即感受到一股不同一般的气势。据说是数亿年前地壳运动,洪水退却后而形成的悬崖峭壁,绝壁如削,怪石峥嵘,树木翁郁于其上,谷底乱石挡道,溪水潺潺,极小的鱼儿于其中。此行男士居多,每每在险要处,男士都会帮助我们,认识不认识的都会伸出友爱的手。

一路惊喜于风景,停下拍照我就会落后,又不想留遗憾,就加快脚步急追,进谷底不久,我就因为想快,在一块岩石上直接跳下去,落脚没稳而扭伤了右脚。刺痛令我好一会都没爬起来,后面的收队蓝天雷龙,照看了我,只能擦点清凉油缓解了。他立即呼叫领队大伟,我没让说,这是集体户外,领队知道了也只会徒增担心,在这样怪石嶙峋的谷底,搀扶,甚至背负都是最无奈的办法。我就忍着疼痛,左脚负重,用登山杖支撑右脚,缓慢而行,我不想成为别人的负担,这路还很远。深切感到野外,登山杖的作用不可忽视!

小心前行,不敢再拍照了,知道大家拍的都会上传。休息处呼喊大伟,擦了红花油,心里感觉好多了。

穿过长长的谷底,来到一处极为险峻的地方,峭壁两边,只一线青天,我们从中穿过并下降到谷底,巨大的岩石,深深的潭水,幸好这里是开发出来的道路,有铁链可以抓住,不是雨天,岩石不滑,稳住脚步,也不会有危险的。连续下降,经过了好几个不可见底的深潭,七转八弯,来到谷底,凉风嗖嗖,四面峭壁都滴水,太阳光折射进来,溪水缓缓流淌,长恨"清凉"无觅处,不觉转入此中来。坐在这宽阔的谷底休息看天,四面千丈崖,耳畔流水声,这里倒是可以修身养性的好地方!

我忍着痛,就不可以跟前队了,醉鱼、骆驼、解姐、石头和收队我们一起殿后。骆驼就是活宝,一会儿要背我,一会儿埋怨别人不背我,引得大家一路欢笑。穿过谷底,还要翻山呀!这一路攀升,沿着峡谷边山体小路前行,一路说笑,不敢往下面多看,谷底好像万丈深渊呀!好不容易来到一个宽阔的地方,大家都在这集合休整。我和女士们卸下行装去远处的岩石后面方便,谷底虽然平坦,但有苍苔的岩石极其湿滑,回来的时候,右脚不能负重,一下子滑倒在岩石水里,爬起来衣服都湿了,幸好屁股着地没摔坏手臂,祸不单行,野外真的不能出任何事故呀。忍住痛,稍事休息后必须前行。

王灵芝◆著

　　前队一会儿就不见了踪影,这次我们几个依然殿后。解姐排第一,我第二,后面就是骆驼,正行进间,我看见解姐抬步,脚下黑乎乎的有东西在动,潜意识感觉是一条大蛇,我转身还没来得及抓住骆驼就拼命地闭眼尖叫,不知道解姐是如何跳过蛇的,总之后面的人都被我的尖叫给吓坏了。男士们上前,我看见棕黑色的蛇尾巴,它很快钻到右手边峡谷草丛里了。解姐安然无恙,没踩到蛇。骆驼问我看清楚蛇头是圆的还是尖的?这纯属白日说梦,我哪里有时间去看蛇是什么样子的呀？惊魂未定，男士们开道，我也顾不得脚疼腰疼了，亦步亦趋地跟在中间，眼睛只盯着路面草丛，什么风景也不敢看了。

胆颤心惊地行进了许久，前面有一队友在岔路口等待我们，要带我们下山进入另外一个山谷，去看七星潭。走到谷口，大伟要守在谷口给我们看行装，让我们轻装前行而后原道返回。我们告诉大家遇蛇的事情，请每一个人都注意脚下。

这七星潭的路更不好走，就是在水上大卵石上跳跃，这石头都活动，是最可能扭伤脚。大伟劝我别去了，我想，以后不可能再来这地方了吧？还是爬上一个又一个石头，和大家一起行进了。

七星潭最显著的特点就是水多：一路溪水潺潺，飞泉流瀑，鸟语花香，林木繁盛，突然想起一句古诗"蝉鸣林逾静，鸟鸣山更幽。"这诗句都让古人写绝了！心下悠然，播放随身听，让一曲《等你等了那么久》回荡在山谷，这心情越发的清幽。很快我们来到潭水边，继续转山崖前行，看到一个深潭阻路，两边峭壁耸立，我们才知道这就是终点了，七星潭水深千尺，也不为过，站在潭边看身后，亦是峰峦叠嶂，霞光缕缕，驻足良久，我们细数了一下，的确大小七个深潭，有人就笑了，假如少了一个就让领队大伟在此挖一个！

不能久留，踏上返程。来时上坡，还好爬，这回去有点难度，我不敢往下跳或者滑行了。几处都是男士接我下去的。一个很高的岩石上，我犹豫了一下，有点恐惧，这时候"行者"很爽快地在下面，让我伏在他肩上说会稳当一点，这高大小伙子的肩头，还真让我稳稳落地。很是感动，特此感谢！

谷口集合，怎么又不见了两个人？温暖和另一个队友。我们判定他们不在七星潭里，而是在岔路口继续前行了，领队决定我们前行，在下一个集合点——抱犊村，可能会找见他们。一路大家埋怨他俩，怎么两个大男人就跑丢了？要让女士们拎着"温暖"的耳朵问他：上次武功山你跑丢，这次太行怎么还不长记性？下次还敢不敢出来了？好一番笑闹，我们向抱犊村行进。

抱犊天梯

最美的风景在路上更在心里；最温暖的感觉在指尖，更在牵挂里。人生的精彩在于未知，登山的精彩在于不知道前面的风景，而在内心产生的无限遐想，这遐想激励着脚步不断向前。

抱犊村是个只有七户人家的小村落，地处河南新乡辉县与山西陵川县交界、太行腹地峡谷深处。抱犊沟山高坡陡路窄难行，不通机动车，出行全靠双腿，因为道路艰险牲畜无法入内，村民只好抱着幼犊回村繁衍后代，抱犊村因此而得名。

我们出了七星潭，这一路树木繁盛，景色俊秀，沿溪水小路而行，很是轻松。地势也宽阔了很多，可以远远欣赏重重山峦的不同姿态。行进间看到几层梯田，几处菜园，许多果树挂满了青果，不知道也不敢品尝是什么，前面的几间房舍就是抱犊村了。在这农家的院里，休息的驴友很多，先行走散的"温

王灵芝 ◆ 著

暖"两人果然在此等候我们。已经过了中午,就在此农家午餐休整。

天涯的队伍已经出发,我们随后而行。抱犊村向南,地势开阔,层层梯田,刚有种如履平地的感觉,我们就走完开阔平地,来到一个悬崖边。有栏杆保护,下面万丈深渊只见翁郁树木不见谷底,对面也是万丈峭壁,领队说我们要在对面峭壁上沿天梯下去,仔细看对面谷底石壁处,有几点鲜艳在移动,果然是驴友呀,这怎么可能下去呢? 对天梯的艰险充满畏惧,心里开始发慌,这比鲁山挂鼓楼的石壁看起来危险多了,那百十米的高度我们用绳索还爬了一个多小时呀! 心里很不踏实! 我们在崖上平坦处合影留念,领队嘱咐我们:这里不用绳索,下天梯时大家务必把背包背好,鞋带系紧,注意不要把碎石弄下去,会伤到下面的人。南望远处群山苍茫,谷底隐约可见几户人家,说那就是八里沟,我们今天的终点,下去就可以成功返程了,约 15 公里左右路程。

志忑地跟在大家身后,沿山体蜿蜒而行。小路很窄,几乎不敢往下看,更不敢有任何大意,知道在沿着山崖壁行走。左手边一步远就是笔直石壁。由于脚的原因我已经落最后了。收队雷龙反复告诫我不用着急赶路,下去了就可以了。

转了几个弯,我们开始下去,收队紧随我后,要我和前面驴友拉开距离,幸好是开凿好的石阶,可以下脚,只要紧靠山体就行,往下看会眩晕,还是老老实实挨着石壁慢慢往下挪。看见一稍微平坦处,天涯在保护一个年幼的姑娘下行,遇见好几位熟人,大家热情地互相鼓励,互相嘱咐小心,到了一个山体的凹陷处,需要转弯下行,这一段没有了石阶,碎沙石极其容易下滑,前面喊话过来,脚下要是下滑,就要坐下来,不可站立。登山鞋果然不能抓牢地面,缓慢下降,抬头看看刚下来的石阶,心里的确有种成就感,我们居然就下来了。头上面远处是灰太狼和辉哥,女驴友们就呼叫他们,下面都是美女呀!再危险的地方,驴友们也不会忘记说笑!

王灵芝 ◆ 著

石壁天梯下来,依然是沿着有灌木的山体下降,好在有路可走。艳阳高照,没有一丝儿风。看见队友都挥汗如雨呀,但男队友在险要处还是没忘记回身拉我们一把。来到又一处峭壁下,满是掉落的乱石,我看着好像动一下指头就会掉落的岩石,而且上面滴水有如下雨,随即告诫前后驴友,此处要快速通过不可久留。其实我看见驴友们一个比一个跑得快!

下山的路呀,怎么也这么漫长!看着谷底河滩的驴友,依然像小蚂蚁呀,他们已经在休整了。我也挥汗如雨,不敢掉队,握紧登山杖,一拐一瘸地还是走得很快,领队大伟一直在前面为我开道,危险处就拉我一把。我也尽量快速,其实是担心不跟上前面的队友,万一再碰见蛇,我怎么办?

终于下了山，去掉背包，我们在怪石嶙峋的谷底休息。这里水流潺潺，清澈宜人，不少男队友把鞋子脱了，在此洗脚乘凉，我知道治疗扭伤最好的办法就是冷敷，就把伤脚放进清凉的山涧水里，果然效果很好。看见身边山崖上一只小山羊在不停地叫，一会儿上面出现一只大山羊，队友说，那是小羊回不去了，呼唤羊妈妈，妈妈来引导它回去呢。这动物也是有情感的呀！

回程，很快来到八里沟景区，回望来时的路，回望那高耸入云的层层山崖，我们居然就是从那云端下来的。一种豪情油然而生！

再游太行

河南辉县郭亮村，地处太行深处，在山西、河南两省交界处的密林中。这里秀峰突兀，石径崎岖，村庄依山势坐落在千仞壁立的山崖上，地势险绝，景色壮观。以奇绝水景和绝壁峡谷的"挂壁公路"闻名于世，被誉为"太行明珠"。有人这样描述：这里有着泰山的巍峨、华山的险要、嵩山的挺拔、黄山的秀美，原始荒古，真实自然。

五月的一天,二哥吴宝君组织了一帮驴友,我们乘坐大巴车来到了太行深处!

这可是一个有着久远历史的村庄。据说在东汉末年,连年灾荒,加上地主和封建官府的剥削压迫,民不聊生。太行山区农民的儿子——郭亮,率领部分饥民揭竿而起,农民纷纷响应很快形成了一支强大的农民军队。后来官府镇压皆因山高路险而失败,再后来内奸出卖,寡不敌众,郭亮退守西山绝壁,敌军围困,粮草断绝,急中生智,让士兵将战鼓和山羊悬挂在树上,羊四蹄乱蹬,鼓声日夜不停,同时让士兵从山背后用绳索系身下绝壁,安全转移到一个自然村,后来这个悬崖上建村,为纪念郭亮,便将村名取为郭亮。

我们到达住宿地已经是深夜,天刚亮,我们集体在农家早餐,此时下起了濛濛细雨,定好的行程不会因为这点小雨而更改,我们在农庄老板的带领下徒步去郭亮村。

烟雨迷蒙画中游,云遮雾绕山更幽。

山花有意含露笑,群峰无心阻水流。

幽幽峡谷迸发出诗人的惬意浪漫,巍巍太行昭示着中国人民的凛然正气。清晨的太行山,细雨霏霏,千仞丹岩在雨雾中时隐时现,万般妖娆。深深呼吸着这湿漉漉的新鲜空气。第一站,我们去感受一下郭亮精神,去看被称为世界第九大奇迹的绝壁长廊——郭亮洞。

郭亮洞又称为郭亮隧道、郭亮村绝壁长廊、万仙山绝壁长廊、郭亮挂壁公路,是一条横穿绝壁的长廊通道。是 1972 年,为让乡亲们能走下山,13 位村民在申明信的带领下,卖掉山羊、山药,集资购买钢锤、钢锉,在无电力、无机械的状态下全凭手力,历时五年,硬是在绝壁中一锤一锤开凿出 2 万六千立方米的一条高 5 米、宽 4 米,全长 1300 米的石洞。于 1977 年五一通车。为此,王怀堂等村民献出了生命。带领人申明信多次被省、市、县授予劳动模范、先进个人等称号。他的一生,是艰苦奋斗的一生,为子孙后代造福,为山区旅游开发做出了卓越的功勋,他的这种坚忍不拔的意念,永远被太行人民记在心中,成为光耀太行的——郭亮精神!

我们带着欣喜和钦佩,漫步在隧道里,这里忽明忽暗,上下不一,时而蜿蜒盘旋,时而坦直开阔,时而深入山体,时而一面洞天。洞面有的整齐平滑,有的参差不齐,形状各异。外面细雨绵绵,我们从一些洞口,可以看到对面的万丈石壁和烟雨迷蒙的峡谷。说是从对面看郭亮洞,就如石壁上的"机枪眼"。观远山迷蒙,想当日艰险,我们这群外人也深深被这浩大的工程所震撼!

穿过郭亮洞,我们必定要去看看郭亮村。都说巍巍太行最感人的莫过于峰丛横空,丹崖千仞。导游带领我们先上了一处山顶,朱红色的光滑岩石上有波浪式的纹路,导游说这是十多亿年前的海洋留下的痕迹,看看脚下的峡谷,再看看这高高的山崖,真难以想象当时沧海变高峰的巨变!

带着一种"沧海桑田"的心情,我们漫步在郭亮村庄里,游人很多,窄窄的巷子,雨后很是泥泞湿滑,几十户人家依势坐落在山坳里,房子无法像平原那样分排分行,而是参差不齐,依地势而建,但一律的青石青砖青瓦,悠闲的村民们在自家院落里摆放些小吃,小杂货,淳朴之风溢满山村。

驴友们各自去自己想去的景点,二哥带我和木子几个,我要去看看有名的"天梯"。仍然徒步前进,细雨中我们欣赏层层梯田,看茫茫云雾绕山川,忽然同行的一位男士大声唱起了《天边》:天边有一对双星,那是我梦中的眼睛,山中有一片晨雾,那是你昨夜的柔情,我要登上山巅……雄浑的男中音,响彻山野,我急忙尾随倾听,赞美他几句,他居然羞涩的不好意思再唱了。哈哈,男儿有时候就像几岁的孩子!

我和木子姐边走边笑,这时前面的村庄里隐隐传来唢呐喜乐声,烟雨迷蒙的山间,这喜乐很是舒心。循着声音走过去,原来是旭日阁农家在筹备婚宴。大门口扎起了花门,很多人在院子里备菜肴,征得主人同意,我们进入院落,这是一个依山而建的院落,院内高高低低有好多房子,院内青石铺地,有高大的树木和盛开的花朵。能在此隐居一段时间,也会是件惬意的事情。忽发奇想,我们何不在此冒充新娘,感受一下当"主人"的乐趣呢?我们在主人的笑意里,捧着专属新娘的花,缓步走在花门,亲密地在那儿拍照,游人们看着我们装"新娘",驻足而笑,同行的人看我

王灵芝 ◆ 著

们如此，笑闹着当娘家人要彩礼，劝我们干脆别走，假戏真做算了。哈哈，笑闹够了，我们还是要看看这路边有名的"天梯"呀！

村民吉日

喜乐声里景万千，山顶人家备婚宴。

不知新娘来何处，先到花门展笑颜。

这条"天梯"，以前曾是大山中唯一通往中原的古道，困扰着一代代山民，阻碍着与外界的交流。绝壁长廊开通后，除了想体验当年的艰险，一般人不走此道了。我们也纯属想体验一下。站在崖上往下看，烟雾迷蒙，其实是什么也看不见，游人们也有往下去的，既然来了，还是看看吧，二哥保护木子和我，我们慢慢转过几块岩石，往下行走，这的确不能叫路，纯属天然，没有任何保护措施，随着山势简易人工开凿了一下，雨后岩石湿滑，站在上一块石头上，伸头可以看见下面云雾缭绕的万丈深渊，而且遇见上来的游人，就必须蹲下，悄悄地给他们让路，上来的人说，他们爬了很久很久才上来的。既然如此，心里已承受不了压力而产生恐惧之感。二哥也说不能拿生命开玩笑，我们还是返回吧。

在大自然面前，我们必须有敬畏之心！大自然有时候不想被人亲近，我们还是不要挑战人的极限！胆颤心惊地返回，心里知道，这天梯高达几百米，宽处 1 米多，窄处不足半米，仅能容下一个人行走，共有 700 多石阶，这是真的"天梯"了！

太行山魂——喊泉

午餐是在南坪景区吃的，曾一起去过三峡的忆秋买来可笑的"狗屎糖"，大家笑闹着分享。这是一位爽快的好像总也长不大的女士。由于景点很多，我们商量下，决定去郭亮村西北方向的一条不太难行的山沟里去看看喊泉。实在是因为对这喊泉充满了好奇，而且不收费，还有美丽的传说。

相传，七仙女畅游太行，玉肤生津，急于沐浴。龙王得知，拔几根髯须掷此崖罅隙，顿成天然喷浴，水量受声音影响，喊声大则大，喊声小则小。泉下一石，长满青苔，人称仙女浴台。这泉水还能通人性，未免太神奇了吧？

去喊泉的路的确不险，就是一段平路，路不好的地方都铺有石阶。一路欣赏美景，笑笑闹闹就到了喊泉。先是看到一泓清水，上面刻着"许愿池"，旁有一个小瀑布，再拾级而上，看到一帘水线从几十米山顶处泻下。我们想象中的泉水应该是自地下或水下往上涌，但是这里没泉只是一帘水线高挂在绝壁半腰，形成微型瀑布，落地成泉。听说喊泉能听懂人话，只是耳朵不太好，要人们冲着它嘶吼，而且是组团冲着它嘶吼，它才会有一点点回应——加大水流量，因此有了"喊泉"的名字。

王灵芝◆著

既然是冲着"喊"而来的，我们很多认识不认识的同行的人，一起在崖下站好，齐声对着瀑布大喊，声音响彻山谷，我静静地观察，哈哈，这水量并没有时大时小呀！二哥说，这也就是说说罢了，你还真当真呀！

其实，喊泉并非真能听懂人话。喊泉是一种悬挂泉，也称空山泉，属季节性出露的泉水。泉水沿距今5亿年的钙泥质隔水层上层面溢出。由于隔水层上层面构成微凹的盘形储水构造，上部岩层节理和裂隙中的滞水补给充盈时，盘中水从盘沿溢流较快，泉水稍大，而后，盘水水面惯性调平，溢流水头减弱，泉水稍小。周而复始,形成泉水溢出时大时小的奇特景观。

不管真假,我们在此处大喊了,大笑了! 这份无忧无虑的嘶吼是货真价实的! 留诗为念!

喊　泉

涓涓细流自山巅,飞珠溅玉水成帘。

声声呼喊畅胸臆,游人山泉两相欢。

人说山西好风光

中原的脊梁——王莽岭,是我们此行必去之处。我们计划先进入魔剑峰景区,穿越一条挂壁公路,再爬行 3.7 公里到南太行最高峰王莽岭。

清晨雨又渐渐沥沥起来,稍感寒意,风雨中我们穿行在古老的峡谷里,感受亿万年来的海洋所形成的地质变化。透过缭绕的雨雾,雄壁伟岸、波澜壮阔这样的感受依然是主旋律。幽幽峡谷最动人的依然是飞泉流瀑,山水相映。游人各尽心情,若不是太多的山势太过雄伟，仅截取片段，这一定是在烟雨水墨江南了。

魔剑峰

细雨袅袅到太行，
巍巍峭壁披霓裳。
为怕游人缠绵美，
半入云雾半掩藏。

过了黑龙潭，我们下旋梯，过栈道，在悬崖间穿行，雨越下越大，我和木子紧紧相随，胆颤心惊地过了两个山崖之间的悬空栈道，爬上了一个很高的山崖，仅很小的一块平坦之地，很牢固的围栏下面又是万丈深渊，眺望远山，雨雾中更是陡峭，一山连一山，恐惧和自豪感同时自心头涌起，我们颤抖着留下这高崖的风景，真真埋怨同行的男人们都跑哪去了！我们别无选择，只有这一条道可走呀！跟随陌生的几位游人，我们不得不继续爬行！好歹这是成熟景区，只要细心，不会有坠崖危险的。

魔剑峰峡谷栈道　　　　挂壁公路

在一个停车场，我们才汇和了几位同行的人，二哥也不知道从

王灵芝 ◆ 著

哪跑出来了。说要做景区公车,每人 10 元,穿越挂壁公路,然后徒步登王莽岭。这停车坪也就是一个村庄,几处房舍掩映在雨雾中,路边有几株槐树,淡淡的花儿散发着浓郁的香味,旁边一石上刻着两个大字:仙境。这太行人家还真有点仙境的意味了。

没看见这挂壁公路的名字,只见有稀疏的徒步者参观。景区小面包车本来就小,在这里也只能是单向通行,调度做得很好,根本没有会车,我们是真的在石洞里穿行呀,时时看见透光的地方,这洞里也就不需要灯光了。车行很快,我想拍几张图片也没能如愿,惊叹着问司机,这是那条公路? 回答说就叫"挂壁公路",其余的不知道! 呵呵,这憨厚的山里人只知道开车呀!

出了山洞,居然阳光灿烂,这变化也太快了吧,河南是烟雨,山西是阳光! 这天气也界限分明?

我们是驴行者,几公里的山路是不需要做索道的,直接爬坡! 何须名苑看春风,一路山花不负卿。野外之趣,只有身临其境者能够明白! 一路阳光、一路山花、一路雀飞鸟鸣、一路峰回路转,回望对面悬崖上小窟窿成串的挂壁公路,远眺少许的梯田、偶尔的村落,弯弯的山道显示了太行民风的质朴清纯、坚韧不拔!

我们来到了一处景点,石刻"不了情"。两座高大的石峰并立山头,仔细看说明:说一日大雨,一个采药的青年从山崖上摔下,被一只千年灵羊所救。这灵羊化成采灵女,每日集朝露为水,采灵芝为药,精心呵护着采药青年。经过悉心照料,青年醒了,以后他们两情相悦,情投意合,终日厮守。但后来被在此处修炼的一位高僧发现,高僧认为灵羊为妖畜,执意要拆散二人,二人誓死不从,高僧就用法力把他们变做眼前的石峰,名曰:不了情。这看着还挺有意思,是《白蛇传》的翻版呀!很多人因为这"不了情"在此留影。

继续前行,快到山顶时,一位叫俊杰的驴友陪我同行,这个帅气的小伙子,因为与我同学同名,一下子就记住他了。他成我随行的摄影师了。这一处石头很是不同,转过去观看,此石叫做"百变灵石",也就是《红楼梦》中记载的青埂峰下的那块顽石。原来"宝玉"在此,难怪与众不同了!

终于逍遥自在,一路遐想登到山顶,俯瞰群山的心情让我惊呼:不登王莽岭,怎览万仞山。这词立刻在驴友里传开。其实我知道诗人李锐的一首诗:

> 不登王莽岭,岂识太行山。
>
> 天下奇峰聚,何须五岳攀。

演化一下刚好可以表达我此刻的心情。

这王莽岭位于山西省晋城市陵川县东南部的古郊乡境内,是因为西汉王莽追赶刘秀到此地安扎营寨而得名,海

王灵芝 ◆ 著

拔 1700 多米,是南太行最高峰,这里的云海、日出、奇峰、松涛、挂壁公路、红岩大峡谷、立体瀑布,形成了八百里太行最著名的自然景观,素有"清凉圣境""避暑天堂""世外桃源""太行至尊"之美誉。

俯瞰群山,我想起了郭兰英的《人说山西好风光》,我们在太行峰顶引吭高歌:人说山西好风光,地肥水美五谷香,左手一指太行山,右手一指是吕梁,站在那高处望一望,你看那汾河的水呀,哗啦啦地流过我的小村庄……

太行,你的巍峨挺拔,雄伟壮阔;你的山势峥嵘,绝壁如削;你的险峰幻迭,云海浩瀚;你的苍柏翠绿,山花婀娜……你的浓浓山乡,层层梯田;你的五谷丰登,袅袅炊烟,已在深深的记忆里了……(注:温暖、骆驼、石头、天涯、雷龙、荔枝、灰太狼、忆秋,是户外驴友的网名。)

尾 声

莽莽太行,你如巨人一般,有着宽厚的肩膀和胸膛,我们算是在你的臂弯里游走了一回,领略了你的浑厚,虽然不乏惊险。你有着独特的魅力,有着完全不同于江南小桥流水的风格。红尘世外有你,岁月都会安好,我用柔情三千铺就一程来时的路,回眸时带走你的宽厚和苍茫,温暖着未知的旅途……

桃花村（外一首）

桃花村

王灵芝 ◆ 著

春风轻拂，梦未尽
一路金黄点燃青涩的心事
不再穿桃花衣奏柳丝笛
去村庄，听听花的私语

那墙角稀疏的几枝
已令我意乱心迷
汹涌而至的花潮
将粉红妖艳到如痴如醉

彼岸酿造的酒在今世启封
醉心于一个人会沸腾了岁月
如今整个桃林醉了
千朵万朵和我一起歌吟

桃花唱粉红
我唱昨夜的微雨今日的暖阳
那白衫黑裙的鸟儿也似乎懂了禅意
一声一声唤醒了每一朵花的暗香

桃林环绕的村庄
几处院落几处粉墙
尘烟升起
故园在春风里演绎男人和女人的地老天荒

梨花墙

这一种白,透着雪般的凉
晶莹了全部心海
不用半点色彩,坦荡荡
绽放我三生的情怀

我是你上世遗落的梨花
粉墙内刻骨的牵挂

依然在枝头凝望
你不来，我如何飘落尘埃

懂一份复活的眷恋吗
你的清韵，弥漫在三春
如一江春水
奔腾半生惆怅

相思没有距离
静默于一份畅想等你
年年夕阳，岁岁炊烟
只为你，那一份我前世的相依

太白未了情

第一次穿越山野,在九华后山里和晓静女友同室。晚间她和我讲起了一年前在鳌太跑马梁,毛领队陪她走在最后,风雪交加,气候极其恶劣,风几乎要把她刮跑,只能匍匐前进。眼看天快黑了,毛队果断让她放弃价值好几千元的行装,空身随他必须到前方的宿营地。

她紧紧抓住毛队前行,说没有毛队她就没了生命。风雪中两人结下了生死相依的友谊!她又描述了跑马梁的强风,石头海的壮美等,这令我对鳌太产生了雄心壮志般的向往。

驴友把鳌太穿越称作"顶级自虐路线"。作为中国十大徒步路线之一,有人将之与天山狼塔 C 线、塔克拉玛干沙漠、雅鲁藏布大峡谷等相提并论。驴行界中,一向有"南武功,北太白"的说法,七八级风雨的江西武功山没让我们却步,挑战太白便是下一个目标。

在"骨灰级驴友"圈中,鳌太这条并不足为外人道的冷线几乎在难度系数上登顶。圈中有不走鳌太不是"强驴"的说法,以至于问道鳌太线的"朝圣者"逐年增多,而这条秦岭主脊上的隐蔽之线也创造了殒命之最。自 2001 年有不完全统计数据以来，至今已确认死亡 21 人，下落不明 8 人。2017 年五一山难 3 人遇难。

仁者乐山，智者乐水。山水之美令人向往，人类本性中就存在着对山水的挚爱，这份情感就如同爱情，一旦投入，就义无反顾。炎炎七月，我们在玩吧领队梁坤的带领下，一行五人登上去西安的列车。一夜安睡，清晨到达西安，我们打车去了市内一家户外用品专卖店，添置了一些专业户外用品，又特别买了小气罐，因为火车禁止带，只能从这里添置。我们分别装好一切，重装出行，乘坐早已约好的面包车，直奔太白山风景区。

一路所见均是平原，和颖淮平原一般，只是奇怪公路两旁的葡萄架，葡萄用纸袋包裹，纸包太小，怎么也不像葡萄呀？同行的人也都不知道这是怎么回事，问了当地司机，原来是猕猴桃。吃过无数猕猴桃，还真不知道是如何生长的呢？一路见了大片的猕猴桃园区。经过一个城镇街道，看见一街两旁店门口堆放着很多猕猴桃，也有一些人在削猕猴桃皮，这是要做果脯吗？看了路牌知道这里是眉县，被誉为"中国猕猴桃之乡"，真是物产一方啊！要是回程走这里，也必定会买上许多带回去。

近中午，我们经过槐芽，来到汤峪，在汤峪午餐后，终于来到了太白山风景区，买过门票我还是怀疑，这不见任何山，怎么就是赫赫有名的太白雪山呢？乘坐景区专车，不过行驶十多分钟，便见了翠色的山林，道路开始蜿蜒，山势也越来越高，气温下降，不再炎热。在一道瀑布前，司机停车，让我们慢慢欣赏，车会在前面等着。又真实地置身山林，欢愉之心仍如快乐的鸟儿，仔细看石刻，这儿是莲花峰，这瀑布名为千寻瀑，环顾四周山林，这儿还真有点黄山的风采，婀娜俊秀。复前行，看到一面山崖，整个岩壁上浮雕了一佛像，神态庄严，手执莲花，面对神佛，我还是极尽敬仰之心！再前行，过软索桥，钻石洞，观石刻，山花烂漫，绿草茵茵，流水叮咚，依山而建有亭台楼阁，小型庙宇，倒也是游人不绝。这是太白山温柔的一面,再往上,我相信,跑马梁的风景绝非如此,岂敢在这温柔之乡多逗留？还是奔向更高处。

太白山(一)

群山耸翠笼云烟,道路九曲尽蜿蜒

莲花峰顶千寻瀑,观音壁前桃花源。

木索桥上回首望,溪水池畔有洞天。

欲登峰顶览秦川,天高路险岂畏艰？

汽车继续前行,带我们来到下板寺索道处,索道口我们已是感到凉气袭人,领队让我们在此添加全套厚冲锋衣裤,说这里海拔600多米,下了索道会上升到2500米,我们再徒步9公里登山,经过拜仙台,去海拔3500多米的小文公庙休息。那里会更冷,果不其然,很快下了索道,山下明明晴空万里,这里却是风雨交加。赶紧穿上户外雨衣,拿出登山杖,风雨中我们前行。

山路很窄,虽不陡峭,雨点打在脸上,严重影响了视力,在山脊处或转弯地带,会有强劲的风,好几次我被风吹的原地打转,无法

前进。行进途中,时时遇见团雾快速移动,有时能见度不足三米,我们一会看不见前后队友,就要停下呼喊,风雨云雾中我们五人紧紧相随,上坡我感到呼吸急促时,也只敢休息一两步,就必须跟上前面队友,走的实在累了。在一个山坡上休息观望,四处大雾弥漫,这何时能到休息点?领队断后,说应该快到了。我们才下山坡,就发现眼前的几处房屋,领队说这就是小文公庙。真是好玩,就在我刚才观望山坡的脚下呀!寒冷中,我们进房晚餐休息!

本来是想体验一下,不住房间,我和领队在一个背风处扎好帐篷,手都冻麻木了。夜色来临,风雨更大,电闪雷鸣,解姐劝我们还是不要坚持,就进他们三人的房间,地垫铺地上,我们睡睡袋,这样也比在雨中帐篷里强。我和领队便把东西搬进房间了。我的是专业的黑冰羽绒睡袋,但仍是感觉寒气入骨,把冲锋衣裤都压在上面,勉强睡了寒冷的一夜。

清晨依然大雾弥漫,等到快十点的时候,风雨依然不止,有刚从下面上来的人,也有从大爷海那面下来的人,大家聚在这里取暖休息,领队在犹豫是否继续前行,我们此行是登上拔仙台,穿过石海,走过跑马梁,是进行鳌太无人区穿越呀,我们早已约好的地导,在大爷海等我们呢。

中午 11 点,风雨不仅没有减小且伴有冰雹,陆续有冲刺登顶的人下撤到这里。说即使我们到了大爷海还是什么也看不到,想到拔仙台、导航架,这需要付出毅力的。这里手机已没有任何信号,无线天气预报说明后两天仍是大雨,文公庙接待站老板也强烈建议我们不要再上,我们可能会面临雨湿衣服而身体失温。我是雄心壮志想上,但领队考虑综合因素,决定带我们下撤!

收拾好行装,我们五人在大雾风雨中合影,依依不舍离开接待站,原路返回。风太大,雨衣根本顾不了下半身,没下撤多远,我的冲锋裤就进水湿了,一会登山鞋也湿了。冰粒打在脸上,眼都睁不开,终于到了索道处。因为没有穿越成功,我还有很好的体力,就让荔枝、解姐、温暖三人索道下山,领队陪我徒步下山。

太白山(二)

路陡雨急举步艰,风扯衣衫人打转。

欲观山川雾弥漫,想呼伙伴声难传。

层层衣衫寒不耐,点点冷雨难睁眼。

横心执意向峰顶,生死难在掌控间。

一声长叹复回还,人力不可逆自然。

鳌太穿越,是鳌山与太白山之间的线路,是秦岭山脉海拔最高的一段主脊,被誉为"行走在中华龙脊上的探险"。太白主峰拔仙台3762多米。鳌山,因有一巨石酷似鳌头而得名,鳌山之巅3477米,明显的标志是过去通讯不发达时,建有一个用于飞机识别的导航架。当年李白登上鳌山之巅,感叹大自然的无限风光,写了《登太白峰》的千古佳句:西上太白峰,夕阳穷攀登。太白与我语,为我开天关。愿乘冷风去。直出浮云间。举手可近月,前行若无山。一别武功去,何时复更还。

如今穿越失败,那里变换的风云、缭绕的云雾、陡峭的山峰、茫茫的石海、那严酷的跑马梁,只能在幻想里了。

归来有人劝我:你不是专业登山者,仅仅为了喜欢,就是登上珠峰,不能保全自己,又能说明什么呢?鳌太尝试了,强行穿越可能会付出生命的代价,这一切都没有意义了!任何人在大自然面前,都必须保持敬畏之心!

回想五一山难,那位女驴友在失去爱人的时候,那份无助恐惧,那份生死永诀!是不是会警示后来人,山川之恋,适可而止呢?

王灵芝 ◆ 著

梅　子

紫薇轻摇，梦未尽
桃花已葬
杏花已殇
荷塘低吟着昨夜的情诗
吟得蝉儿意乱心慌

我与你隔着一层纱
风雪之夜，曾记否

借着酒劲儿，看你
扶你哭断肠

此后便忘却
任你落英满地
逐风飞扬
只取一份香在心窝里珍藏

烟尘散
你在枝头捧出了酸涩
我渡过三生守候的诺言
在辽阔的绿韵里，将你

酿成酒，泡成茶
从此炊烟袅袅
你不离，我不弃
在悠然的光阴里慢慢品尝

王灵芝 ◆ 著

一生痴绝处

三月,在婺源等你

天上闪烁的星星
那是我梦中的眼睛
捧一杯琥珀色的香茗
等你在花海里的村中

山川里雾色朦胧
那是三生相约的柔情
晚风漾着馥郁的香甜
那是今世相望的心声

带我去兴化饮酒吧
月色里荡舟水乡行
寻一株桃红比醉
折一枝杨柳笑春风

我想登上高高的江岭
去霞光里沐浴身影

王灵芝 ◆ 著

约你并肩看日出
在铺天盖地的金色里把美丽憧憬

我想在那古村里生活
抬首看天,低头读书
子规声里插田
烟雨山坡采桑

我想去花海里找一棵老树
让它把幸福的时刻见证
在树荫下且歌且舞
让灵魂在每一朵花蕊里从容

但脚步只能极尽轻柔
不可以
不可以惊醒星与花的私语
云与月的相拥

题　记

深深感悟一段话:最美的世界,是由天上的星,地上的花和人间的爱所组成。这唯美的世界,就在徽州婺源。婺源有山有水有人家,田间地头都是花。春风三月,带着你心爱的人,到花海里去吧,慢慢感受,细细品味,你会感受到天、地、人合一的最高境界!

徽州作为一个地域名词,有着悠久的历史,古称新安。自秦朝设郡以来,到如今已经有两千多年的历史。宋朝开始叫作徽州。徽州一府六县,指的是:歙县、休宁、祁门、绩溪、黟县、婺源。除了婺源现在划归江西省外,其余的仍旧属于安徽。徽州地区在历史上,是中国经济文化重地。安徽的"徽"字,就是因徽州而来。

明代戏剧家、诗人汤显祖曾在一首诗中这样写道:欲识金银气,多从黄白游;一生痴绝处,无梦到徽州。汤显祖做梦也没有去成的地方,就是徽州。徽州不仅以它的云山雾海、怪石嶙峋,黄山、齐云山、新安江、太平湖等自然景观吸引着海内外游客,更因为它的粉墙黛瓦、小桥流水、婺源花海等人文景观让人心驰神往,流连忘返。徽州文化也因此与敦煌文化、西藏文化并称为中国三大区域文化。

徽州婺源的美,美在它具有女人的风韵。单说这个"婺"字,便是一个左手拿着兵器,右手能文的女人。所以婺源的美是温婉柔情,文武兼备的女性之美。其实我们旅行在途中,不仅仅是为了遇见最美的风景,更重要的是一场心灵之旅。我们在行进的过程中,会抛开生活、工作中的种种烦恼,让自己的身心慢下来,在与陌生人的坦诚相处中,在与大自然的和谐交融中,寻找最真实的自己,让自己在滚滚红尘中拥有一份内心的平静和安宁。

相信婺源是很多人梦想要去的地方之一。户外领队二哥,热心打造婺源浪漫之旅,短短几天内就报名一百多人。几经筹划,我们一行人终于在三月十八号,踏上南下的行程。大巴车上,我为大家介绍了徽州及婺源的文化,石泉大哥即兴为我们诵读了他的新作——《春天,想去婺源》:

春天,想去金黄油菜的花中
梦的婺源。想去古村落细细品茶
看桃粉映红的溪流,以及
有你相对,明媚的春色
想携你一块儿远去,子规声里插田
细雨如烟里采桑,灯下黄昏里
做"第一等好事"
想万顷春光里,你满身幸福地一定在等我
哦,我因此会沉醉,忘了归期
因此想起如花美眷般的春天
多似谁在唱啊,谁的,似水流年

王灵芝 ◆ 著

春天,在铺天盖地的金色花海中,有心的人会沉醉,沉醉在自己的世界里,幻想也好,梦想也罢,总之能享受这美景产生的意念,能忘却归期,这也是人间一等好事吧。婺源在我们的意念中,在夜色里越来越近,午夜时分,我们入住了婺源的一家农家客栈。

大鄣山卧龙谷

大鄣山卧龙谷

出发时驴友高峰不时发天气预报，只这两天没雨。其实心里也是忐忑的，带好雨具，却没有下，心里暗自庆幸，已经很是开心了。领队又每人发了一个花环，一个卡通眼睛，无论男女，这会儿都头戴花环，人海中，这花环却成了我们队伍的标记了。不管认识不认识，看见花环就知道是自己人！

我们美美地带着花环，环视身边、有闺蜜、有女友、有文友、有同学，这是怎样幸福的感觉！看着一双双熟悉的眼睛，听着一串串熟悉的声音，置身青山绿水中，不说景致，就这行人，已让心儿沉醉在踏实之中。即便烈日、即便风雨又如何？胖乎乎的圆圆兴致看起来比我还高，她头戴花环，居然又在路边买了一个紫云英、油菜花、杜鹃花合编的鲜花花环戴在头上，还要在发际再插几朵。我看着心暖，这里是女人的天堂，这世上有不爱花儿的女人吗？

峡谷口的一块大石头上，是金庸先生所题的几个金色大字：大鄣山卧龙谷。没有太阳，远山云遮雾绕，这里曾演绎一段仙剑奇侠传吗？金庸，让这个峡谷增添了剑胆琴心的韵味。我们就是那游山的侠客了，飘然前行。

旅行，山川可以雷同，不同的是每一次的心境。此处也不外乎山溪潺潺、深潭流瀑、树木藤萝、缘山小路。满眼的青翠让人心旷神怡。绿树绿野绿山川，昨日烟尘今日仙，况且今日还做剑客一般的神仙？我们互相提携着慢慢前行，悠然与可心的人儿、美景合影，维倩在一处绿树下观远山，神态静美。我在一处远山飞瀑前，久久驻足，同学说：天水一线流。也许此水千百年来就如此奔流吧。水势不浩荡，但温婉柔情，山水两相依，但愿它细水长流吧！

王灵芝 ◆ 著

于是便天真起来，此处可以忘记年轮。下到那水边去戏水，山溪清凉，想洗脚又怕伤了身体。只叮咛同学慢慢享受，不可贪凉。山水情趣诚难遇，文字深浅实可伤。春江潮水花月夜，一壶浊酒心意长。去年春天，我在长江三峡，文友林晚看着我，我终于完成了在江水里洗脚的心愿，驴友笑谈下游的鱼都被我熏死了。看来同学也有心愿吗？女儿和她的同学也在婺源的山溪里洗脚了，照片发我看时感觉特别温馨。静静坐石上浮想联翩，静静听溪水叮咚，一曲高山流水，这本就是天籁之音！能携手同游山水者，这需要多少年的缘法修行！

珍惜珍爱每一段风景，返回谷口。看见销售山货的人们，石阶上坐着几个半大的孩子，她们在编制花环向游人销售，我走过去，她们只怯怯地看着我，并没有请我买。她们应该坐在教室里呀！出于职业的本能我过去和她们搭话，才记起今天是周末。问了学校情况，用英文和她交谈，却是仅仅知道最简单的单词。

怜爱之心油然而生，我爱山水，更爱孩子们！我不能顶天立地，不能叱咤风云左右人生和命运，那么，有一日，活累了，送我来这里吧，我愿意为可爱的孩子们付出我的余生。教育她们双语，教育她们认识山外的世界和纷繁的人生！

漫步古村落

古树高低屋，斜阳远近山，林梢烟似带，村外水如环。当代诗人左河水参观后作《浣溪沙·进婺源古村》一词，曰："岸柳吻池舞绿纱，石桥吐雾绕农家，雕窗饰栋映春葩。曲巷清幽谈笑近，轻盈步韵似飘霞，面迎一笑绽桃花。"如画般描绘了婺源古村落真实的迷人景色和村民的精神风貌。

来婺源，漫步古村落里，看古桥流水人家，看村头巷尾老树。慢下来，坐下来，静品一杯茶，那该是一番怎样的享受？

午饭后汽车载我们来到一个古村落前，首先看到的是耸立在河边的一座砖塔，斑驳的塔影可以看得出岁月的痕迹，有人就起哄说还不如我们阜阳的文峰塔好看。我便笑了。这旅行讲的是文化，是心境，天下自然风物，你想看到怎样别致的呢？

此时太阳高照，我便躲在阴凉处，看河对岸。那粉墙边，稀疏的几株桃花，开得正粉。朋友们踏着河上的青石条过去了，在那里指点桃花还是指点飞檐呢？就是一个村落，那么久还不回来？同学便和导游、驴友杂谈调侃，我蹲在他们身后，看桃花流水、蓝天白云、塔影横斜、菜花金黄，感觉自己在这景色中是一个病人！

车又拉着病痛的我，又转悠到一个村落前。看到了一棵古树。树干高耸天空，枝繁叶茂，但转个角度，却看到树干已经中空。查

王灵芝 ◆ 著

了资料，知道这就是沱川乡王家村的一棵苦储树，相传此树长于汉代，已经有两千多年的历史了。树高 15 米，胸径近 4 米。树中间可放一张八仙桌，人自由出入无须弯腰。二哥看了，颇为感动。他居然想道：这满身沧桑的树，是什么力量支撑它千年活下来的？它在想与另一尊树拉近距离，它们的交流完全靠风的传递，没有风的日子，这千年的寂寞等待是如何走过来的？许多人也许认为它空心是雷击火烧的，其实难道不是千年的等待，把心都等空了吗？你若不来，我便不死，直到把心完全等空……

感念于老树的执着，我便紧挽了同行的人，下车去另一个村落里漫步，脚踏青石板，看墙边流水，看斑驳的门户，古旧的窗棂，从苍苔里感受到了昔日人家的兴旺。这古老的院落里，昔日难道不是稚子承欢，老幼一堂吗？想起幼时生长的村落，无论何时我回家，都有奶奶、母亲等家人在，再晚回去，那房间里都会有等我的灯光！如此想起，突觉与奶奶的阴阳两隔是如此的苍凉，心胸瞬息博大起来！活着，就是好，珍惜珍爱每一位有缘人，人间最好的爱就是陪伴，我去做、我去想、我去付出，为的是一份家的亲情！

带着想象的暖暖的心情，我们漫步在村头油菜花田里。看到了小片的水稻田，看到了粉白的萝卜花和美丽的紫云英。走在据导游说是久远年代的青石古道上，采一朵紫云英插在发际，笑看阡陌，笑看村落，笑看身边的人，慢下来，慢慢走，慢慢想，子规声里插田，烟雨山坡采桑，这小道居然充满了诗情画意！

一座没有记载历史的古桥,伴着同样久远的古樟树,一位着青衣的男子,在桥边画着身边的风景,他的眼睛在搜寻着什么? 谁会成为他画中那一抹最美的风景呢?

穿过田园,我们来到下一个村落。远远看到村口溪边有一棵参天古树。看了标牌才知道这就是有名的"虹关古樟"。此树已有 1000 多年历史。树高 26 米,胸径 3.4 米,5 - 6 个大人才能合抱,冠幅 3 亩。虽然设立了护栏,还是有人爬到树上合影玩耍。我看了心疼,这样不好好保护,死了就再也没有了。在一个饭店前找凳子坐下,不敢与老树合影,只静静地感受静坐村落里的气氛吧。

后来我们又到了晓起村,在那儿吃饭休息,仔细走在村落里,看古樟树群,枝条依着飞檐,天空都是黛青色调。一串红灯笼高高挂起,几面酒肆茶楼的旗帜悬于门前,依着同行的人,这一切深邃而久远。一代又一代的婺源学子就在这如仙似幻的地方,过着古风飘逸的耕读生活,说天下第一等好事就是读书。修身、齐家、治国、平天下,这里出现过无数的学者、官宦和商人。自然的造化和文化的精髓在这里和谐统一! 导游还反复自豪地说,这里的中

王灵芝 ◆ 著

学每年都有人成为北大、清华等的学子。

心下暗暗羡慕了！人杰地灵，漫步古村落，伴着山野的微风和青草的香气，忘却身份、职业、年轮，做一回真善美，恬静温婉的自己。融身在充满诗情画意，充满女人味的婺源里。柔软会在心里生根，学会了轻柔，学会了让思绪慢慢地飘，让时光静静地走……

奇葩的篝火晚会

奇葩的篝火晚会

篝火晚会，这些年参加过很多。第一次参加还是二十多年前，甘肃甘南藏族自治州50周年庆典。河滩上架起几卡车木材，燃起冲天篝火，各民族人民着不同民族服饰，围绕篝火跳起锅庄舞。那时也是看得热血沸腾，不由自主地参与到了其中。

今日是设计好的行程，而且编排了节目。润无声等跳集体舞，我跳印度舞，许多人唱歌，二哥还专门带了他做主持人的服饰，并设计了大家都可以参与的集体兔子舞。在来的车上，伴着音乐，大家就开始练习了。可以说很多人对这次篝火晚会都有一种期待。我也是提前精心备好演出服饰,提前就练习了。好想在那最美的花海中畅快地舞一曲!

古村回来,天色尚早,大家赶紧吃饭,为的是能尽早开晚会,并且和另外一车人汇合。我们一百多人分乘两辆大巴车,这一路上还没有和他们会师呢。那面还有人等我们呀!吃好饭,准备坐车出发,那边车上来电说天黑山路危险,还是不去了吧,司机需要休息。很多人很是失望,几经交涉,二哥,松哥等做主,有些不去的在宾馆休息,愿意去的就出发。维倩也说要是太远就不去了吧,累了。我立即说:你们不去,我跳给谁看呢?石泉大哥和维倩就立即上车和我们一起了。

汽车沿着山边不宽的公路,在夜色中前进,再前进。每看到一个有灯光的地方我就以为是到了。问二哥,每次回答都是很快就到了。结果跑了将近两个小时,约九点才到了目的地卧龙山庄,那边也是一路催促到哪儿了。下了车,黑夜里见了不多的几个人,说其余的等不及都回房休息了。这么翻山越岭的来了,晚会必定要开的,但篝火在哪儿呢?门前院落里没有,原来是在村庄边的水稻田里架起了木材,等我们来呢。

黑夜中随着人们,有几个开着头灯,我们下到田野里,早春的夜风依然寒气袭人,我不由得浑身哆嗦,不停地打冷颤。没走几步,我准备跳舞的小布鞋已经被湿漉漉的水田浸透了,两脚都是泥巴。篝火已经点起,火星乱飞,不敢靠近,就远远地观看吧。

火光点燃了人们的激情,大家在音乐声里,拉起手,围着篝火跳起了欢快的兔子舞,人到中年还能如此欢乐我看着也觉心暖。维倩文静,默默地蹲在水稻田埂上,石泉大哥在仔细为稻田里的小花拍照。朗月在天,风寒露冷,这灿然小花倒是开得清静自在,给夜色增添了些许妩媚。知道大哥必定会有所感而写诗,那就等他写好我直接看了。

王灵芝 ◆ 著

夜色越发冷了,紧依着维倩互相取暖,此时二哥报幕请我跳舞,哪里还可以跳?只好临阵当逃兵了。欣赏了大家的歌舞,集体舞曲响起,圆圆活泼,拉我跳起双人舞,还没转几圈,鞋子总是陷进泥地里拔不出来,只好作罢,站在一边观看。其实这样热烈的场面,我多少有点不适应,我更喜欢局外观看。

好在参与的人都很开心,火尽曲终人散,我们的篝火晚会总算如期举行了。想玩的人也没了遗憾。我们上了大巴车上,原路返回,又是夜色中翻山越岭,曲曲折折,上上下下,又经历了一个多小时的颠簸,到了青华镇住宿的宾馆,只一个愿望,立即到床上睡觉!

附石泉诗:

《篝火小花》

春夜,月色清明

我迢迢奔赴的期许在异乡

正水复山重

大地的鲜花与芬芳醒着

春风抬升篝火,腾接于明月

兔儿舞圈满欢腾

紫云英记忆少年

山静,你亦静

风来,便摇曳

小花朵朵还在旧梦里清远

那时你说,你不来我不走

那时,再脆弱的脊梁也在撑起天空

哦,这烟火人间终有的千里之外

今夜该怎样忘记你,不舍的别

而我,怜惜的往

原来婺源之美,不仅美在它的山山水水,田间地头,还美在一种心境！而我与婺源，也有怜惜的往和不舍的别！

江岭花海

把春天画在记忆里，三月的婺源在等你！我们一起去看花！

风情万种的婺源：碧绿的茶园、悠闲的白云、田野的微风、潺潺

的流水。油菜花间小路弯弯，马头墙上檐角飞翘。我们步行在村边小路上进山。脚步轻盈，心思柔软、神采飞扬！婺源花海是情人的天堂，是温婉的徽州女人的家园。马头墙内、村舍边，她们也许会翘首以盼，等待心爱的人归来。人生不过百年，心里有人可等，日子是宁静悠远的。

眼前便是我们向往的江岭梯田花海了。层层叠叠，铺天盖地，馥郁的气息，迷醉了心海！我想登上山巅，去霞光里沐浴身影，约你并肩看日出，在铺天盖地的金黄里把美丽憧憬。走吧，脚踏软软的田埂，忘记岁月，忘记年轮。超出纷繁的红尘，来到一个清静自然的世界，我们可以什么都不想，就沉浸在无边的花海中任思想驰骋飞扬。我们就是那青涩的少年，花海的神仙！

石泉大哥观察好地形，我们要在此留下春天的身影。优雅的胡维倩拿出一条花色的丝巾，丝巾在微风中柔柔地飞扬，可半遮面、可束发丝、可做飘带、可当罗裙，灿然与花海里，对山川微笑！待到鲜花插满头，莫问侬归处！心醉了！

圆圆又不见了踪影，我们笑她"偷吃玉米去了"。人在徒中也不见了，不知道跑哪里艳遇去了！松哥带领一群美女，弥勒佛般地漫步在花丛小道上，昂首挺胸，那一份快意自豪，让我突然想到了雄赳赳气昂昂的大红公鸡，后面跟随一大群母鸡。我立即为这一想法而哑然失笑！说与维倩听了，我们都忍不住掩面大笑！松哥问我笑什么，那可不能告诉他！领队二哥组织大家辛苦多日，今日他什么辛苦都值了！他酷酷地戴着墨镜，牛仔裤，白T恤，分明一翩翩美少年，被一群花枝招展的姑娘们抬起来，给扔到花海里去了！十几位美女变幻不同的身形和他拍照，一会儿"泰坦尼克号"，一会儿"梁祝化蝶"，一会儿"千手观音"，一会儿"拂花情深"！真实叹服了！心思不老，何时都有青春！

層層梯田把这整个山坡都染成了金色，群山连绵，金色无垠。我们登上一个又一个山坡，俯瞰群山万壑，花海无边，游人如织。小桥流水从梦里飘出，田园美景从画里走来，远古的岁月托着徽派建筑的古朴、理学文化的优雅，一袭苍翠和着金黄掩映着粉墙黛瓦。村落、树木、阡陌、耕牛、归人，还有那山间的云雾和袅袅炊烟，这一份开阔的意境，徽风皖韵的情致，已荡尽心中任何一丝忧烦！

和维倩并肩携手，温婉漫游。看见远处山坡上有一棵遒劲的老树，它仿佛伸开手臂，在呵护每一朵花开。出发前吟诗：我想在花海里找一棵老树/让它把幸福的时刻见证/在树荫下且歌且舞/让灵魂在每一朵花蕊里从容！把意念说与维倩听了，我们便爬上山坡，去看那老树，背靠青山，拥抱花海，这正是梦中的意境。男士们在下坡处休息，不肯上来。我们便站在高处大声呼喊：你不来，我不走！终于还是上来了！我们在大树下合影，让老树把我们的幸福时刻见证！心思瞬息飞升如仙，这就是婺源的花海，这就是梦幻的地方，这就是迷醉心海的有情有爱有花的天堂！

我想在这古村里生活/抬首看天,低头读书/子规声里插田/烟雨山坡采桑。日升日落的简单日子,平淡而悠远,却是令人万般神往。

妩媚的婺源,旖旎的婺源。春来花海如潮,云淡轻雾若烟。它多像一首美妙的小夜曲,缓缓流过我的心田。我希望在暗香浮动的夜色里,荡一叶小舟,在兴化的水上花海里饮酒,和着月色歌吟,找一朵桃花比醉,折一枝杨柳惜春。可以数天上的星星,可以听菜花的私语。温婉的夜色亦如温婉的女人,在水乡里沉淀浮华,宁静心态,与自然物我两化,融为一体。享受婺源的绵绵韵味和不尽清香……

但我们只能极尽轻柔,不可以,不可以惊醒星与花的私语,云与月的相拥!

尾 声

婺源有山有水有人家，田间地头都是花。你不可以匆匆走过，需要慢下来，静下来，细细想，慢慢品，如面对一杯好茶。离开时，也许有人感叹，也许有人遗憾。不管你如何感悟，婺源就在那里，就在许多人的梦里。我想，等一切静下来，我还会带着我的孩子来，因为我曾在这里安放一份思绪，放飞一份牵挂……

返程的时候，细雨霏霏，雾色轻笼了山川、村落和水边的几株桃花……

王灵芝 ◆ 著

翻山越岭去看你

对一个地方的向往,有时候仅仅是因为一个人。徽州作为一个地域名词,有着悠久的历史,我作为安徽北部人,明知道与皖南徽州并无太多牵连,就因为有同一个"徽"字,居然接受了徽州文化,以"徽州女人"自居。据说普罗米修斯在天上偷来了火种,古希腊人在奥林匹克山上点燃了火炬,而古代徽州人的心中也有两把永不熄灭的火炬,那就是"义"和"理"。徽州是程朱理学的故里,"三从四德"对徽州女人有着很深的禁锢。她们吃苦耐劳、忍辱负重、含辛茹苦,那一份韧劲令人不能不起敬!胡适就是被这样一位平凡而又伟大的女性教育出来的!出于对胡适先生的敬仰,翻山越岭,我们这一程的目的地是胡适故里——绩溪上官村。从合肥市自驾出发,第一站:太平湖。

太平风月

这里所说的太平湖不是中国五大淡水湖之一的范蠡和西施泛舟的无锡太湖,而是黄山北麓太平县的太平湖,它位于黄山和九华山之间,是安徽省实施"两山一湖"(黄山、九华山、太平湖)旅游发展战略的重要内容。目前是安徽最大的一座人工湖。太平湖解放初期为一条大河,后为陈村水库,20世纪70年代开始蓄水成湖,并因此搬迁了两座县城，原太平县城和石台县城，古老的集镇被淹没，成了湖底老街。许多村民迁徙离开了这片祖辈生活的土地。能有今天的美景，曾在这里居住过的人们，想必也是欣慰的。

太平湖之美，美在青山绿水间。早春的季节，风微凉，穿过壮观的太平湖大桥，我们来到湖边，在一处观景台停车。抬眼北望，湖面烟波浩渺，远山如黛，最妙的是黛青色逐步变淡，层层远山，层层变淡，直至渺远。这应是绝妙的丹青圣手也绘不出来的色彩吧！由远及近，湖面有湖岔、有港湾、有岛屿。峰峦起伏翠岗连绵，山水环绕，微波潋滟。置身其中，只这么四面一观，仿如隔世，如坠入一幅水墨长卷中。

南望，烟波迷离的湖面上，一叶孤舟似动非动，孤舟、水面、远山又构成一幅画，令人几欲近前，穷其奥妙。

进入景区大门，原本想做游船，转一圈，近距离感受太平湖风姿，船家说客轮都开走了，要玩只能包船，转一小圈900元。我们思考了一下，大海、大湖都见了，也不是孩子，实在没必要坐船游那一趟，还是自驾环湖看看吧。大家一致同意，我们便驾车环湖。

这里称之为"一块尚未雕琢的翡翠"很是恰当，没有飘扬的导游旗，没有更多的商业气息，甚至商店都极少，感觉是原始的静美。知道电视剧《红楼梦》在此开拍"黛玉北上"等外景，细细想来，黛玉的气质配上这里的黛青水墨，的却是再适合不过了。剧组导演王扶林说：每天来，它都不一样，它和黄山一样，变化万端。我可以想象到，不同的季节，这里天气的多端变化，更可以体会黛玉北上的那份情景交融的心情，难得剧组人员这么有心，终将一部文学作品演绎的出神入化,成为后人无法逾越的艺术高度。演员也是入戏、入情、入性了,遥想多年来《红楼梦》剧组演员们的结局,不能不令人唏嘘,山水之色,人之性情!这一抹黛青,竟让我想起了黛玉那似愁似泪的眼睛!

同游年轻人的叽喳,令我不再沉思,现实是我置身太平湖边了。我觉得一山一水都是有灵性的,太平湖也有它独特的内涵。我来时查阅了资料,著名诗人毕朔望称赞:天池无此亲切,太湖无此幽深,富春无此清凉,丽江无此烟云,三峡无此青翠,西子无此胸襟,乾隆无此眼福,江南无此水程。天池与之相比,是冷峻了点,太湖比此宽阔但少了婉约之韵味,丽江与此风格不同,三峡青翠也是浓淡不一样罢了,西湖的确少了胸襟而且水质无法与此相比,可怜的乾隆爷,游遍江南,怎么没福看到此景呢?我们都是有福之人了,太平湖,愿世间一切太平吧!

实情实景,幸遇太平湖,留诗为念!

太平湖

如黛远山映水面,一鸟翱翔忽近远。

用尽墨色难形容,凝望孤舟不忍还。

翡翠谷情话

黄山脚下的翡翠谷,距离汤口镇 7.5 公里,它是一道很长的峡谷,纵深约 20 公里。据记载,文革期间,徽州师范学校黄剑杰老师隐居在黄山脚下的山岔村,村边有一道峡谷引起了他的探奇兴趣,他手提一把柴刀,钻进无人谷内走了 3 公里多,被群猴堵截,悻悻而返,后来黄老师不甘心,又约来一个同伴,再探峡谷,沿溪而上,攀岩越涧,发现一个直径约 20 米的彩池,水色嫩绿,形同宝镜。再往里走,又寻得四池,并取名花镜池、碧簪池、绿珠池、玉环池,合成四翠池。再后来,黄老师等又第三次入谷探奇,又发现了一串串彩

127

池,并给这个峡谷命名——翡翠谷。黄老师写文章发表,便有更多的人知道了这黄山脚下的翡翠谷。

翡翠谷也叫情人谷,这当然也是有来历的。当年上海有 36 位青年男女到黄山游玩,邂逅翡翠谷,当时此谷尚未开发,道路坎坷甚至无路可走,他们互相鼓励搀扶,经历了许多艰难才得以脱险。回到上海后,他们中有 10 位居然因为这次旅行中的患难而结成了夫妻,其中有不少人还是在此谷初次相逢,因此,黄老师又到处宣传此处是"情人谷",还真是有来历呢!

我们其实也是冲着"情人谷"这个"情"字而来,大峡谷游历了很多,这情人谷应该是轻松婉约的。

停好车,我们通过景区大门,徒步进谷,刚几步就看到一个很小的邮局书亭,看着别致,进去看见小小房子四周细绳上挂了很多千纸鹤呀、小信封之类的东西,说是从这里可

以给自己心爱的人寄一封信,这是小年轻人的念想啊!但也沾染了小情调,开开心心行进。

迎面一块巨大的石碑,围了很多人欣赏并在此拍照,近前一看,是"百爱石",刻着许多书法家各种字体的"爱",也没来得及细数,一定是一百个爱字吧。往前行,飞泉流瀑,小桥楼阁,鸳鸯池、相思亭、霓裳瀑、情缘亭、爱亭、爱河……更有太多没看到名字的碧绿潭水,大的连着小的,没法计数,统统叫作翡翠池吧,看着这里的每一处都与情爱相连,也真新鲜。

路随溪水转,这一处小桥叫作"情人桥",铁链上锁满了情侣们用来表示永结同心的连心锁,很多人在此桥留影,看到有情侣们在此留影,大家都主动让出最佳的风景,愿天下有情人终成眷属,这是每一个人心中最美的善念吧!

继续前行,山涧边一块平坦的巨石,红红的巨大的"爱"字刻在石上,我也学着年轻人的模样,端坐在"爱"字上,抬头看青山耸翠,俯首观飞瀑深潭,留影之际心念,有机会,我一定陪心爱的人来此,让青山绿水来见证一份情爱!沉吟为诗:

翡翠谷中翡翠花,情人桥上日影斜。

彩池水畔神思飞,百爱石前美人家。

人间最平凡的爱就在平凡的家中,情人们经历千转百回,不都是奔一个共同的家去的吗? 情人谷,它不见得比其他的山谷更美,但因为它的情爱文化,感染了游人。山水因爱情富有了灵性,爱情因山水得到了见证。谁不希望能得到一份于青山绿水同样久远的爱情! 情景相融,这就是情人谷的旅游魅力吧!

堪惜流年谢芳草

堪惜流年谢芳草

王灵芝◆著

从黄山脚下出发,我们导航绩溪上庄村。越野车翻山越岭,时而在无人的深山里盘旋,时而在极窄的沙石路上行驶,有些路就是原始的坑坑洼洼,终于来到了这白云深处的村落,碧溪两岸,粉墙黛瓦,错落有致,徽,美也,这便是胡适的故土了。

凝视村头的小桥溪水,我首先想到的不是胡适而是他的母亲,这位 17 岁结婚,23 岁守寡,46 岁去世的徽州女人,是什么力量支撑她度过了漫长的寡居岁月? 她一个妙龄女子为什么要嫁给大她 32 岁的胡传? 时光悠然回转:水墨般静谧的小镇,悠悠青石巷,那是乍暖还寒的人间四月天,他嗒嗒走在青石板上,蓦然回首,便看到巷子深处的女子莲步轻移,袅袅而行,那及腰的乌黑发辫,骤然荡起一池春水,那一年,她 16 岁,他 48 岁,但爱情就这样来了。

他,胡传,绩溪县上庄村人,清末贡生,两任前妻已亡故,儿女已大,在外做官,打算续娶个填房。她,冯顺弟,绩溪县中屯人,在上庄村东北十里之遥,是家里的老大,一家 6 口人过着简朴平凡的生活。祖传老屋在太平军战火里被毁,父亲发誓要重振家业,建一栋更好一点的新居。但农耕生活何其清苦,建房如何着落?当媒人走进冯家时?冯家夫妇犹豫了。但冯顺弟是见过胡传的,听说人品极好,心想去当官的人家填房,可以多要聘礼,这是她报答父母的好机会,可以帮父亲建起他一生梦想的新房,她便应承了。

是那青石巷里的回眸一瞬吗?17岁的她成了他心爱的新娘,真挚的情感冲破世俗,幸福接踵而至!婚后第二年,胡传携顺弟赴上海为官,12月17日,一个男婴呱呱坠地,从此人世间多了一个胡适。

小儿才两个月,胡传就被调往台湾任台南总提调,1893年春天,在胡传的安排下,冯顺弟抱着儿子赶赴台湾,一家人在台湾度过了一段安稳团圆的日子。已过50的胡传,在公务之暇,剪一些红纸方笺,用毛笔端端正正写上楷字。教年仅20岁的妻子认字,夫妻二人又一起教刚过两岁的儿子认字,父亲太忙时,她便是代理教师,一家三口,书字相伴,少妻稚子,享受到了人间最神圣的天伦之乐。

胡传是清末很有名望的正统文人,也是才华横溢的一代诗人。小小的家,一个教,两个学,温馨的院,洒满了欢声笑语,洒满了书香诗情。

只是幸福太过短暂,甲午战争爆发,台湾不再安宁,这个热血男人请人把爱妻雏子送回绩溪老家。没有人预料到这是和亲人的永别,那短暂的团聚生活,竟是她一生的回味!

甲午海战惨败,马关条约签订,忠贞爱国,一心要报效朝廷的胡传拒绝奉旨,四处奔走,招募士兵,在奔波操劳中,他终于一病不起,被送到厦门休养,这个一心为国的铁血汉子,在日军攻占台湾八卦山的第二天,含恨而逝,妻儿无人相伴左右!

"这时候我只有三岁零八个月,我仿佛记得我父死信到家时,我母亲正在老屋的前堂,她坐在门房口的椅子上,她听见读信人读到我父亲的死信,身子往后一倒,连椅子倒在房门槛上……我只觉得天地都翻覆了!"那一年她23虚岁!

时光不会为任何人停留,泪眼婆娑间,她对稚嫩的儿子说:我这一生只知有此一个完全的人,你不能跌他的股。她带着对丈夫深沉的爱意与崇敬,将全部的生活重心给了儿子,竭尽全力把幼子培养成丈夫心中最骄傲的儿子!

青年丧夫,以少年做后母,家业中落,经济困窘。她自己没读过书,却牢记丈夫的遗言,以多倍的学费送幼子去私塾读书,目的就是让老师对幼子能有更多的讲解。我在胡适故居,看到房间里的蜡像,母亲陪幼子读书,心里就是深深地痛!付出总有回报,胡适9岁就能看懂《水浒传》,他不但把大量小说看进去而且还能说出来。

冯顺弟对胡适既是慈母兼严父,又是"恩师"兼"严师"。她爱独子但不溺爱,在胡适13岁时,便让儿子离开上庄远赴上海求学。徽州人固有"十三四岁,往外一丢",送男孩出外学徒经商的习惯,但胡适毕竟是他母亲年轻守寡朝夕相处的独子!深明事理的母亲送儿子上路时没有在儿子和众人面前掉一滴泪。儿子的将来应该是怎样的呢?她具体不知道,只是希望儿子学他的老子,能走他老子的道路。

这一走竟是多少年啊!在上海接受了新知识、新观念的胡适,经过一番曲折,考取官费赴美留学。19岁的他因行期由政府决定,竟未能回乡向母亲告别。在美留学七年间,胡适与母亲只能书信来往。他没有辜负母亲的期望,1917年7月,他学成回国,被北京大学校长蔡元培聘为教授。然而第二年的11月,胡适劳碌一生的母亲在家乡不幸病逝。悲痛欲绝的胡适与妻子回家奔丧,写下《先母行述》:"生未能养,病未能侍,毕世勤劳未能丝毫分任,生死永诀乃亦未能一面。平生惨痛,何以如此!"

23岁守寡，又过了23年的寡居生活，她居然熬过来了！是什么力量支撑着她？就因为有他的骨血——她唯一的儿子胡适。她把全部希望寄托在儿子的渺茫不可知的将来。为了这点希望，她愿意忍受一切，献出一切！

沉吟院落里，可以想象当年母子相伴的情景，墙角一株腊梅是她亲手种植的吗？昔人已远去，唯有粉墙内的梅花，在寒风中怒放……

生子当如胡适之

进入上庄村，干净的沿溪村路，古朴的大树，粉墙上书画、诗词随处可见，在上庄小学西，一面粉墙上写着胡适的生平及主要成就，以前早知道他学贯中西，一代学者，真切来看了，才知道他居然获得了36个博士学位！我们身边，能取得一个博士学位便觉得很了不起，这也太震撼了吧！看着身边怀孕的女伴，她是否能和我一样感受到，一个母亲对孩子巨大的影响和责任！满腹是对胡

133

适母亲的崇敬,居然生出一个强烈愿望:生子当如胡适之!

"他从时光深处走来,身披霞光,带着独有的风度与儒雅。在宇宙的万千尘埃中,他是留下深刻印记的一颗,黯淡了周围的众生,点亮了历史的天空。"他笔名胡适,字适之,以倡导白话文,领导新文化运动闻名于世。是著名的思想家、文学家、哲学家,诺贝尔文学奖提名候选人。

幼年随母就读于家乡私塾,13 岁去上海求学,19 岁考取官费留美,学成归国,受聘为北京大学教授,后加入《新青年》编辑部,大力提倡白话文,宣扬个性解放,思想自由。他与 1917 年发表的白话诗是现代文学史上的第一批新诗。在国难当头的抗日期间出任驻美大使,各处演讲,争取了国际社会的援助。最后在台湾担任中央研究院院长,1962 年,73 岁病逝与台北。

胡适三岁丧父,孤儿寡母相依为命,无论做人还是做学问,母亲对他都要求严格,在胡适心中,既是慈母又是严父,对母亲的深恩是无法报答的。中国人的做人基本准则是忠孝,对国家尽忠,对父母尽孝。最为推崇自由、思想解放的新文化领军人物,胡适在自己的婚姻问题上,做出的决定,是令人感叹的。爱情最终向亲情屈服。

在美国绮色佳,胡适遇到了导师的女儿画家韦莲司,也许他萌动了浪漫的爱情之芽,但他知道自己在家乡母亲是给他订好了媳妇的,这媳妇和母亲一起是在他心里植了根的。在母亲的来信中,他看到了照片,立在母亲身后的江冬秀,他感激她许多年的等待和对母亲的照顾,睹物思人,他为她写诗:图左立冬秀,朴素真吾妇。轩车何来迟,劳君相待久。十载远行役,遂令此意负。归来会有期,与君老畦亩……此中有真趣,可以寿吾母。在胡适心中,他们是琴瑟相随的夫妻,他教她读书,她为他具酒,一起在诗情画意里和乐耕读,他是把她放在妻子的位置上的。他终是不负她的等待,在锈了她的嫁妆,等待了 13 之后,一场盛大的西式婚礼,圆满了两人的相思。一个留洋博士,一个小脚女人,但夫妻间有说不完的情

王灵芝 ◆ 著

话,道不完的真诚。当胡适挽着新婚妻子的手,跪拜在岳母荒草坟前的时候,他内疚写诗告慰在自己 13 岁时就将爱女许给自己的岳母之灵,她终将没有等到他们双双登堂拜母的这一天!

胡适说:我不过心里不忍伤几个人的心罢了。假如我那时忍心毁约,使这几个人终身痛苦,我的良心上的责备,必然比什么痛苦都难受。胡适终归还是一位温良的谦谦君子!我要说,胡适不是自私的人,他可以放弃西方的浪漫之情,而让乡情、亲情第一!他没有像鲁迅一样,把朱安像母亲给他的一件礼物一样收下,而让她独守悲苦一生,他也没有像郭沫若那样新婚第一夜后便离家出走,而后另娶她人。

无论何人,在一生当中都会面临太多的选择,无论你成就多大,你多么有学问,在取舍面前方显一个人的胸襟情操。大洋彼岸的韦莲司,终是抛不下心中对胡适的爱去违心嫁给别人,一代才华横溢的画家终生未婚,把胡适夫妇都奉为至交,甚至在胡适去世后,将自己一生的积蓄全部交给胡适的儿子,这种一个女人对一个男人超越世俗的大爱,也只能发生在胡适身上了!

俗人说,一个男人的价值,正面体现在他对国家、对社会的贡献上,私下体现在有怎样的女人心甘情愿爱他守他一生!韦莲司的爱升华了,那么江南才女曹成英对胡适的爱呢?作为后来人我对胡适是怎样的仰望呢?

烟雨巷口胡适之,碧水村头万缕丝。

学贯东西谁堪比?知之方悔读书迟。

以此诗献给胡适先生!

江南才女的守望

许多年前从书里知道，有位江南才女仰慕胡适，终生未嫁，死后遗愿是埋在胡适回家的路口，要等待着心爱的人归来，而胡适终究没有归来。此次来，必定要看看这位才女。问了胡适故居管理人员，说就在我们回程的路边，不过二三里。

车行驶在村道上，不过十多分钟，见路北有座青石冢，上书：江南才女曹诚英先生之墓，并有她黑白色照片。墓就在路边，荒草丛生，一片枯黄。凝望沉思良久，终是感叹这一性情中的女子。

她是国内农学届第一位农学教授、马铃薯专家、留美才女，5岁起上私塾学习传统文化，偏爱文学，尤爱诗词，是胡适邻村舅舅家收养的小表妹，在绩溪的烟霞里，26岁的留洋博士胡适迎娶等了自己13年的老新娘，而15岁的她是娇艳艳立在新娘身后的伴娘，冥冥中，上天注定，相遇、错过、再相遇。西湖四月天，湖天一碧，水月相融，他与她漫步白堤，心随着湖水荡漾，一下子就荡进爱情的漩涡里。32岁的胡适和21岁的曹诚英，在西子湖畔的仙霞洞度过了一段属于他们自己的世外桃源。携手同游，赏桂观潮，品茶下棋，好不逍遥！隧有了爱情的结晶，胡适回北京想离婚，但江冬秀拿了把菜刀撕心裂肺地说：离婚可以，我先把两个孩子杀掉。胡适终不能放下一切与心爱的女子双宿双飞，一段情缘终是无份，胡适在《尝试》一诗中所言："两个黄蝴蝶，双双飞上天。不知为什么，一个忽飞还。剩下哪一个，孤身怪可怜。"无奈中曹诚英堕胎后，由胡适推荐赴美，就读于康奈尔大学农学院，获得硕士学位，回国后先后在安徽大学和复旦大学任教，看似光鲜，但她的悲情何人能解？

爱上胡适这样的男子，一生也难再爱上别人了。她在戚戚然的思念中终会老去。爱过方知情浓,世事流转,20年后给胡适写诗:鱼沉雁断经时久,未悉平安否? 万千心事寄无门,此去若能相遇说他听。朱颜青鬓都消改,惟剩痴情在。二十年月华知,一似栖霞楼外数星时。她成了为爱而守望的伤心人! 1949年在胡适离开大陆前见了他一面,此后天各一方!

退休后的她回到故乡绩溪,把自己一生的积蓄都捐给了旺川,资助办学和修建桥梁等,守着家乡的土地守着少年的情愫,她在孤独中因肺癌病逝。家族人遵照遗嘱,把她葬在通往上庄的路旁,这是一条通往胡适所在的上庄村的必经之路,她是还寄希望在路边与胡适生死相逢吗? 而胡适客死台北,终是没有回来!

早春,风微凉,衰草遍野。她恬静地微笑着,目光始终看向路边,我忍住了泪,向墓碑鞠了一躬。徽州才女真性情,一抔净土掩相思。我默然离去……

绩溪一品锅

一方水土养一方人,水土不同,风物各异。每到一个地方,我们总是喜欢寻找当地名吃美食。离开上庄村东行不远,路口又一景点,下车观看,灶台上好大一口锅,书写:中国徽菜一品锅之乡。还附有此菜的来历:

相传乾隆皇帝二下江南的时候,行至此地,天色渐暗,已是饥肠辘辘,随即叩开附近一农舍,农妇见路客面善,便端上一锅菜,乾隆吃后赞不绝口,问此菜何名? 农妇笑答:一锅熟。乾隆嫌此名不雅,当下命人拿来笔墨题下“一品锅”三个大字,事后农妇才知道此人竟是当朝皇帝。从此,一品锅成为美谈。刚刚在上庄村午餐,因为实在是饿了,几乎每个饭店都写着特色菜,一品锅,无意间就点了,还真不知道此菜有这么大的来历呢。

回想刚吃过的菜,就是一个火锅,最上面铺了一层金黄的蛋饺,撒了许多翠绿的小葱,看着很有食欲,因为有很多汤汁,蛋饺很是松软可口,下一层是鸡肉鸭肉,都带了点腊味,比新鲜的肉质筋道而且有后味。再往下,是青菜,五花猪肉,最下面是去油腻腥味的白萝卜。一锅菜,可能因为饿了,几个人连菜带汤吃个精光。的确比别的菜好吃且实惠得多。

王灵芝◆著

查阅资料还知道,胡适对一品锅也是情有独钟,说他每当工作压力重,心情不好时,就会去厨房,做这道家乡菜。他任北大校长时,常在家中设宴款待客人,而夫人也擅长这道菜,每每胡适总说:此菜是家乡名肴,务请诸君赏光,品尝一下地道的"家乡味"。我想啊,这道菜是添加了胡适的思乡情怀,所以很好吃了。

其实完全可以想象到,绩溪乡下当年并不富裕,徽商们一年闯荡在外,逢年过节能聚在一起,架起一口大锅,各样菜都一锅煮,热腾腾的,再配上一碗老酒,围炉而坐,边吃边聊,一种亲情,一种乡音,一种惬意温馨的情趣,弥漫在房内,这不是一种淳朴的乡情吗?

我看了吃了之后也觉得好,我回家想偷懒不想一个个炒菜,我也可以来一个这样的火锅呀,大雪纷飞,亲人友人围锅而坐,鲜虾、块鱼、香菇、肉菜都可以放在一起,绿的是青菜红的是火腿,各样的颜色可以任意搭配,口味荤素也不论,要的不就是这份热乎的情趣吗?

记载说胡适任驻美大使期间,频以此菜招待外宾,并亲自命名为"绩溪一品锅",使徽菜走向世界,为褒奖胡适的贡献,此菜又叫"胡适一品锅",从普通农家菜演变为官府菜,寓意官一品接一品升,日子一天比一天好。我也写下来,并一定会做,传给友人们,但愿大家的日子都一天比一天好吧!

关键一点,此菜太好做了,懒汉一锅端!又显得主人多有文化内涵!

漫步棋盘村

天色尚早,太阳暖洋洋的,停车休息,在徽州的田埂上漫步。看路边农田里高高挂起的药用"瓜蒌",想象着这田野里夏日的繁盛。时有村民过来,说路南那苍翠竹林处是棋盘村,拍电影的人选此村落做影视基地,可以去看看。我们便欣然前往。

沿着春日的阡陌,来到粉墙黛瓦的村落前,走过桃花溪,来到村落里。顾名思义,村内道路排列整齐,纵横垂直交错,酷似围棋棋盘一隅。慢慢走在青石板路上,让高跟鞋踏出节奏,徽风皖韵扑面而来。村居旁有一长方形水塘,四角还有小石墩子,几位花甲老人在水塘边粉墙下有一针没一针地做着针线活,除了几只鸭子和白鹅的咕噜声,没有任何声音,没看见狗,我便大胆前行了。

水塘的西侧是很高大的房屋,进去看看,原来是一座祠堂,房内木柱上有楹联,墙壁上有斑驳的字迹,也辨不出更多,看房屋年久失修,院内门前杂草丛生,不敢久留,继续青石板转入小巷。巷子极窄,极静,随处可见青砖雕、石雕的小门楼,但各家关门闭户,我们反而像闯进了远古时代。正探头探脑诧异间,石巷深处走来一位穿着打扮干净利落的老者,主动和我们搭话。

得知我们是从上庄村而来,老人显然觉得我们也有点文化气息,热情地为我们当起了导游。他说棋盘村古称旺山村,的却因村道纵横似棋盘又称棋盘村,全村人几乎全部姓石,是北宋名将石守信后裔。在绩溪,这是一个相当有名的底蕴深厚的文化村,村民一直沿袭读书科举或外出经商的习惯,和周围以务农为主的村庄相比,显得卓尔脱俗。徽州自古就有男孩子十三四岁,往外一丢的说法,自己就是这个年龄去的大上海经商并工作的。如今退休了,回来守着祖先留下的老屋,作为石家子孙,自己有责任收集资料,并对村史做些探索研究,让失去历史记忆的后人能找到"回家的路"。

此村因在旺山北麓,绕村的桃花溪在北面,向西流去,依据古代"枕山面水"的风水原理选择屋舍户门向北。现在看到的大多是明清时期典型的徽派民宅。外观为栅栏弄、小青瓦、白粉墙、马头墙等,巷内每户之间都设有栅门,栅门上置有门楼,门楼和门盖之间用青砖嵌白粉线条和砖雕做装饰。老人说自己写有一本书,取名《一村向北》,并热情邀请我们去他家里做客。

沿着窄窄的青石巷,我们跨过高高的门槛,来到老人的古宅前,两层木建筑,有天井、前堂,门前及室内有很多木雕,介绍说这窗雕叫"连升三级",圆木柱子上的是倒挂狮子,狮子前爪踏住空心球,背上还有好几个小狮子,是辟邪的吧。此外亭台楼阁,雀鸟人物等雕刻,就看不明白了。我们在这"思永堂"八仙桌前端坐,老人热情斟茶,并拿出他的《一村向北》赠我们,知道老人名叫石磐安,我也急忙说回家将自己的诗文集赠予老人。老人和我们谈及了棋盘村的历史及现况,当然也谈及了上庄村的胡适和那位埋葬在路边的曹诚英。历史就这样缓缓流淌……

老人女儿诗曰:旺山麓北有村庄,粉墙黛瓦雕画梁。巷陌纵横卧棋盘,百户门楼皆北向。南园半亩纤竹秀,西流十里稻花香……徽风皖韵里,有守护家园文化的人。

王灵芝 ◆ 著

徽风秋韵

徽州的秋是斑斓多姿的,如徽州的女人,你怎么看也看不透。徽州女人走在多姿的秋色里,或秋雨如烟,或天高云淡,太多的韵致便款款走来……十月金秋,我们自驾去徽州。

水墨塔川

户外玩吧组织,我们这一车五人,苏西志先生开车,很快随着车队我们就上了合安高速,要经过西递、宏村,今天的目的地是呈坎。看见了久违的山川,看见了山坡路边大片的洁白或金黄的菊花,虽然飘起了雨雾,但这更增添了山川的韵致。拍了图片,便发朋友圈:一袭烟雨笼山川,半坡雏菊犹灿然。徽风皖韵观西递,欢歌笑语向塔川。

作为安徽人,对西递、宏村是早已了解的。这两座古村落被列为世界文化遗产,也是 5A 级旅游景区。以世外桃源般的田园风光,保存完好的村落形态、工艺精湛的徽派民居和丰富多彩的徽州文化内涵而闻名天下,被誉为"画中的村庄"。

行进在山间,不时看见斑斓的群山中时隐时现的粉墙黛瓦、田园农家,呼吸也觉得畅快起来。塔川红叶是一种乌桕树,经过霜降,由绿变黄,由黄变红,中间呈过度七彩色。来得有点早,只点点红叶,还不到绚烂的时刻。能看见大片的药用菊花,能看见粉色的小野花,已是很开心了。在一处村落前,我们下车观望,田野里很多排列整齐的树桩引起了我的好奇,走到近前仔细查看,才发现竟然是修剪的光秃秃的桑树,想这样的矮枝桑树,在春天里萌发新枝,嫩叶向着太阳,该是一番怎样的朝气蓬勃!

王灵芝 ◆ 著

继续向前,没有进西递、宏村村落,而是在奇墅湖畔下来赏景。附近的溪水汇入奇墅湖,冲出一大片丰沃的泽地。雨后的阳光暖暖地照着,空气带着湿漉漉的清香,粉色的小花带露开放,牛马在悠闲地啃草,已染霜色的水杉倒映在平静的湖面。湖光山色,互为映照,游人如织,各怀情思。

塔川秋色,是众多画家、摄影家的创作基地,与四川九寨沟、新疆喀纳斯、北京香山一起被誉为全国四大秋色。

站在水边,远观青山云雾缭绕,红叶点点,近看画者平心静气,沉浸山色。有年轻的大孩子们,也有满身沧桑的成年人,都静静地描画:或洁白的山茶、或蓝色的浆果、或五彩的水杉、或渺远的远山、或粉墙飞檐、或画中的人儿……

不忍心打破这样的静谧,悄悄地,悄悄地离开！我在水墨塔川里入画,塔川也在我记忆的画卷里了。

游呈坎一生无坎

离开塔川,直奔呈坎而去,山间的公路灵动而平坦,车行驶如在画里。其实我们是冲着这句话而去的:登黄山天下无山,游呈坎一生无坎!人生多变,世事难测,太多的事情不以人的意志为转移。那么,讨点吉利,不求高官厚禄、大富大贵,但愿从此后一生无坎吧!

呈坎村位于黄山风景区南麓的最深处,是皖南有名的八卦村。人文八卦与天然八卦融合的巧妙布局,使呈坎成为中国古村落建筑史上的一大奇迹。呈坎是全国保存完好的独一无二的明代古村落,至今保存着宋、元、明等朝代具有很高历史研究价值的古建筑群。徽州民居甲天下,呈坎民居甲徽州。所以来徽州怎能不去呈坎?

领队梁坤带领我们进入村庄,刚进入大门便惊叹:好一派恬淡静谧的水墨民居!

一袭烟雨水墨色,雨后的山川有点空濛,这村落也稍有薄雾。青石板为路,青砖为桥。立秋之后的水,静静的没有波澜,浮萍依然苍翠,蒲苇和荷已现枯色,这秋后的枯和斑驳粉墙的旧、青石青砖的老,刚好融合了古朴之风。在这里,没人喧闹,静谧是对一切最好的诠释。

很多院落里,晾晒起了很多东西:火红的辣椒、成串的玉米、大

王灵芝 ◆ 著

大的南瓜,这晒秋的习俗也是流传了几千年吧。秋收冬藏,是徽州人勤劳持家的传统。

呈坎晒秋

呈坎八卦村是中国风水第一村,始建于东汉三国时期,距今已有1800多年的历史。早在宋代就被著名理学家朱熹赞誉为:呈坎双贤里、江南第一村。我们要走进村落,感受这传奇神秘的文化。

走进青石巷,斑驳的粉墙黛瓦古色古香,砖雕、木刻只觉很古朴美丽,确切也不知道美在哪里。跟在导游身后,听她介绍,说这里是按《易经》"阴(坎)阳(呈)二气统一,天人合一"的八卦风水理论选址布局,依山傍水,形成三街九十九巷,宛若迷宫,故称"中国风水第一村"。相信同行中没几个人明白的,我们只紧跟导游之后。我很怕这巷子里一转弯就不见了同行的队友。

走进一个院落,三层木楼,天井下光线还好,正房后还有后院和侧房,规模很大,家具也是古朴的红木,院里还摆放了一些花草。一些树木看起来就有些年头了。这里现在人去楼空,只供游人参观,也可想象当年主人家的富庶盛况了。

太极圆桌

龙头马

漫步在这幽深的青石巷里,一种悠远的愁思溢满心扉,古巷呈现着悠悠古韵。古徽州的繁盛，是男人经年的走南闯北和女人独守空房与操持所成就。呈坎，呈坎，人生别难聚也难，坎坎难俟！太多的徽州女人，独守在这样的院落里，日复一日地等待远方的人儿。守候仿佛就是徽州女人的代名词。男人在外不景气的，担心牵挂；在外打拼好的，又焉知能不能好好回到这个家里！家家不同，每个女人的命运也就不同。古代女人的幸福是寄托在男人身上的，即便当今女性，抗争的结果，也各有不同吧！心意沉沉，我也走在这悠长的青石巷里，作为现代人，以古为鉴，去寻找内心的那份宁静！

王灵芝 ◆ 著

古镇风光无限，自然淳朴，令人遐想。走出粉墙黛瓦，走出幽深小巷，走出那房内的婚床，但走不出徽州女人暗夜的忧伤……我不懂风水，不懂八卦之说，只祈愿世上多一些美好，少一点女人的叹息和眼泪……读不完斜阳红叶送晴川，赏不尽秋光

夜色逐流水，看尽徽州山水，我希望看到更多灿烂的阳光。

此时，一店铺前，一女子长裙玉立，看我进店，问我买不买她自己写的文集《徽州女人词话》，恭敬地翻阅了一下，立即买了，要回去仔细欣赏。看着这静如止水的女人，我的心也宁静了。愿从此不再有坎吧！

齐云山上月华街

欲识金银气，多从黄白游。

一生痴绝处，无梦到徽州。

汤显祖这里提到的黄白游，就是指黄山和齐云山。齐云山，古称"白岳"，为道家的"桃源洞天"，位于安徽休宁县境内，由齐云、白岳、万寿等九座山峰组成，与黄山南北相望，素有"黄山白岳甲江南"之誉。因最高峰廊崖"一石插天，与云齐"而得名。共分月华街、楼上楼、云岩湖三个景区。我们今天的行程是通过登封桥，登上望仙楼，再去月华街。

晨起，领队梁坤带领我们步行来到登封桥。此桥在齐云山北麓的横江之上，是步行登齐云山的必经之地。这是一座高高的南北石桥，好像记得登封应该在河南，这桥怎么跑这来了呢？心下疑惑，沿阶登上高桥，好一派徽韵风光，粉墙黛瓦掩映在迷蒙的绿树丛中，远山半遮半掩，清澈的河水边，有人们拿着棒槌在洗衣，空气湿漉漉的，让人忍不住大口呼吸！惊喜地拿着手机要把这美景定格在相册里。领队说：拿好登山杖，美景还在前面呢，走吧。

走上石桥，赶紧查阅资料：此桥建于明万历十五年，徽州知府古之贤倡建。桥成之日，知府正举行庆典，朝廷使者驿书亦到，升古之贤为广东按察司副使，县民感其德政，祝古之贤步步高升，便将此桥取名为"登封桥"。原来如此呀！当地人视此桥为吉祥之地：登封桥上望一望，高瞻远瞩福不浅，登封桥上走一走，延年益寿九十九。我们都是有福之人了。

　　走过桥，就是街道民居，我们徒步来到山下，穿竹海，走原始道路，这是我们户外人的最爱。看见了大片的茶园，有人提醒注意别踩到蛇，我立即吓得紧跟在男士们身后，不敢大意一步了。这荒山野岭，高高低低，还真不是一个人敢走的。一个陡一点的坡，梁坤用力才把我拉上去。

王灵芝 ◆ 著

　　其实我们也就翻越了一座小山。来到成熟的景区，处处是台阶，虽然登山出汗，但对我们经常户外的人来说，算是很轻松地来

到望仙楼。天下无双胜境,江南第一名山。如今要好好欣赏一番。此处四望,已经是薄雾隐隐了。

出望仙楼,行走在云雾弥漫的古道上,古木和茶树隐约可见,游人不多,有种超越时空的感觉。眼前的风景的确不比黄山逊色,更多的感觉像泰山。这里是道教名山,很多与道教有关的石刻随处可见,山也巍峨俊秀,云遮雾绕。我们慢慢前行,确实是一种身心的放松与享受。

不懂更多的道教文化,只知道此山与江西龙虎山、湖北武当山、四川鹤鸣山并成为中国道教四大圣地。我们欣赏的是这云雾美景,奇石秀水、群峰如海、丹岩耸翠。这高高岩壁上大大的"寿"字,吸引了很多人来此留影,不管哪派文化,长寿都是人们修身养性的目标!

继续前行,我们来到了山顶道路的尽头。水泥围墙拦住了去路,近前一看,哎呀,脚下是万丈深渊了。但对面几乎直上直下的一个圆柱形山崖,顶端

【生痴绝处】

居然建有一座凉亭。这是怎么建筑的呢？折回转过这条路，我们按指示去月华街，走了一段山路，我们看到对面山顶上云雾深处的粉墙黛瓦，隐隐约约呈现在苍山翠竹间，这的确是"白云生处有人家"了！正惊诧间，转头下看，看到刚才的凉亭所在的圆柱山峰，看到了山下的横江和登封桥及河岸白色的民居，这高度，令我有点惊叹了。

山顶俯瞰横江登封桥和民居

远眺月华街

王灵芝 ◆ 著

　　这高高山顶上居然有很多居民，还建有完整的四合院，我走进一个高高门楼上悬挂红灯笼的一户人家，主人笑着迎我进门。我说想看看，男主人就带我四处转转，天井下种着兰花、紫罗兰等盆景，前院、后院、廊房干干净净，全部依山而建。我说有没有卫生间，主人指着院内的一个小屋，高高的台阶，现代化的设备，这山里人家真干净！谢过山里人家，继续漫步月华街。走到向北转弯的一个窄窄的街道，这两边有很多商铺，一位老奶奶在卖绿绿的饼子，闻闻很香，五元钱买三个，哈，是油煎山野菜面饼！真的很清香！

　　这街道有太多的台阶，有太多的转弯，虽然心情好，也不能像平时逛大街那样悠闲自在，必须时刻注意脚下安全。这一处空旷的地方可以俯瞰山下，竹匾里晒着刚摘的高山菊花，闻起来很是清香，我们就一人买了一小盒，开心地继续前行。到了一个院落里，很多大学生聚集在这里，围着几个大圆桌，我近前一看，原来就是一大盆面条，他们自己拿着碗在分，一个大男孩还嚷着让店家再下面，说总要让人吃饱吧！我看着这群孩子，多可爱！我们还是不要在这里和他们争着吃面了！

这一群大学生姑娘是结伴出来玩的，说好了一起下山。我走在姑娘堆里，队友们看着我笑！不管多大，忘记年龄好不好？我们都在这如花的季节！齐云山月华街，白云深处的街道，留下了我们欢笑的身影！

挑山的母亲

徽州女人从古韵中走来、从秀山丽水中走来、从田野阡陌中走来。风和日丽的时候，她们可以婉约成唐诗宋词，狂风暴雨时，她们也必须是大树，撑起生命的一片天。在齐云山，我邂逅了一位徽州母亲！

游玩好月华街，选择另一条道路下山，看见路边一个很小的茶馆，便进去休息，我好奇地看了看墙壁上的图片，才发现这里面有故事。眼前的女子就是画片中的汪美红，63 年出生，是休宁县齐云山镇岩脚村人。94 年 3 月丈夫在一次捕鱼时不幸落水身亡。那时候，大儿子 4 岁，生有白化病，眼睛几乎全盲，还有一对双胞胎儿女不到两岁，看着嗷嗷待哺的三个孩子，娘家人劝她再嫁，但她毅然决定不委屈孩子，要独自撑起这个家！丈夫去世仅仅 7 个月，齐云山玄天太素宫重建工程，大量的建筑材料需要人力挑运上山，挑 100 斤，报酬是 5 元，她擦干泪水，抹去悲痛，毅然加入挑山工的行列，成了唯一的一位女挑夫！

通向齐云山的九里盘山道约 6 公里，是条几近陡直不拐弯的 4000 多级山道台阶，平常人不负重也要弓着腰气喘吁吁地爬上去，汪美红为了多装 4 元钱，一次就挑了 180 斤，身体再好，这也是一个女人啊！我无法想象她挑担的苦难过程，只能想象她为了孩子能活下去的作为母亲的毅力！白天挑山再累还能看得见，夜晚，只要有人让她挑，无论何时她都急着给人送上去。她岂能不担心，雇主假如不满意，就连这份活她也得不到啊！就这样，齐云山的白天黑夜，每一道台阶，都铭刻了这位母亲的血汗之路！

不仅在齐云山，在黄山汪美红也挑过。为了给考上中学的一对儿女交学费，2005 年黄山景区云谷索道扩建，为吸引挑夫前来，

王灵芝 ◆ 著

景区承诺：每挑 100 斤给 90 元，另付 10 元伙食费。优厚的报酬吸引了他们，汪美红和几个村民一起搭车来了，她一天挑两趟，能赚100 多，十多天后，拿到 1500 多元钱，她惦记家中的孩子，还是回到了齐云山继续做挑工。

这一挑就是 17 年！风雨无阻 17 年，多少个来回，多少万公里路，多少万公斤的重担，她就这样挑下来了，她用扁担挑起了苦难的生活，挑起了整个家！，女人干着男人才能干的活，她成为齐云山上唯一的一道徽州女人不屈的风景！

她的血汗没有白费，三个懂事、孝顺的孩子长大了，继承了母亲勤俭奋斗的品格，苍天不负有心人，2011 年，她的一对儿女都被安徽重点大学录取，同年 20 岁的大儿子也在上海盲人店找到一份工作，可以自食其力了。就在这一年，儿女们离开家，齐云山月华街南天门隧道开工，她面临失业。儿女们要带她走，去学校附近做点小买卖。但她说：孩子，外面不是咱们的家，咱的家在齐云山脚下，无论你们走到哪里，我都会在这里替你们守护着它。

这位母亲的坚强故事被广为传播，鲁豫、倪萍等主持人采访过她，多家媒体对她的事迹进行了报道。电视专题片《山女挑山》，播出后又引起了强大的反响。现在，齐云山已有公路直通，挑山生涯无以为继了。同时年已五十的她也难以再承受挑夫超繁重的体力。当地政府和齐云山景区，安排她开设了这间小茶馆，为游客泡壶茶，加点开水，卖点零食，以维持生计。

了解完了整个故事，我静静坐在云雾缭绕的茶馆里喝茶，风微凉。她和我一般高，看不出有多么健壮，头发稍有灰白，一脸沧桑。真心希望能有更多的人来此处喝杯茶，看看这位挑山母亲的沧桑，从而滋生出坚强的意志去努力生存，去学会认清自己肩头的责任和担当，传递一下人性的善良和正能量。

白石崖品茶

这是宁国的秋月。皓月当空，夜空浩渺，群山环绕，泉水鸣琴。户外，一部分驴友住农家宾馆，森林木、石头、我，三人在白石崖农家楼顶支起帐篷，因为晚间农家土菜太好吃，不觉间吃多了，这会还不想睡觉，更不想辜负这天然氧吧的清新空气，我拿了凳子，坐在帐篷边赏月，享受山川的清欢。

森林木喊我过去喝茶。他带了户外小煤气炉、小茶壶，说是接了纯净的山泉水，带了上好的大红袍。我们围一张小桌坐下，看森林木烧水泡茶，他居然带来了功夫茶杯。

饮茶，讲究的是情趣。小桥画舫、小院焚香、夜深共语、夜月书房、一卷诗书、一枝花香……沸腾的开水倒进茶杯里，茶叶立即像久旱逢甘露一样舒展开来，容光焕发，端起茶杯，一股暖流自指尖涌上心头，淡淡的清香扑鼻而来，水气袅袅，轻轻喝上一小口，清新的带着大自然花香的气息萦绕口中，耐人品味，回味无穷。茶和人是要有缘法的，这道茶，是我这些年来喝过的最有韵味的一次了。

南宋杜耒有诗：

　　寒夜客来茶当酒，竹炉汤沸火初红。

　　寻常一样窗前月，才有梅花便不同。

这仲秋的群山里，寒气袭人，没有梅花，但我相信我周围群山一定有数不清的山花盛开，不止是一条的山泉反复演奏着高山流水。慢慢品茶，慢慢听两位驴友讲陈年旧事，偶尔插上一两句。月亮的清辉普照群山，我们也在清辉里，稀疏的几颗大星星好像在窃窃私语。

王灵芝 ◆ 著

捧茶、闻香、品茗,是需要天时、地利、人和的。这夜空、这山川,我是有缘遇到了。至于人和,看着身边两位驴友,我们专注品茶聊天,也算人和了吧。记得诗僧皎然曾经写诗:一饮涤昏寐,情思爽朗满天地;再饮清我神,忽如飞雨洒轻尘;三饮便得道,何须苦心破烦恼。这是何等境界!

正享受神思飞扬间,有人来电,关切地问我在哪,回答曰宁国白石崖,居然说想念我恨不得立刻飞到我身旁。抬首看明月,突然想笑,突发奇想,立即回信:假如你真的想我/请乘坐月船来吧/别忘了,顺手摘一颗星星/为我。

勇攀清凉峰

宁国万家乡处于皖南深山腹地,我们落脚的是白石崖村,这里是全国有名的野生山核桃之乡。农家早餐之后,我们一行人在地导的带领下,徒步登山,目标:登峰。享受一路的风景,一览众山小,而后穿越峰顶,继续前行下山回农庄晚餐。

又见群山连绵,置身山中,尽情呼吸这新鲜空气,昨日的一切都抛之脑后。这里的一切都是最原始的状态,山中溪流潺潺,随处可见飞瀑深潭。灌木茂密,乱石挡道,地导带领我们慢慢前行。

行走一会,前有石崖挡道,山不高,不至于让人产生恐惧,有细细的钢筋焊接的梯子,只要抓牢,就没有危险。经历过河南鲁山危险,这样的山崖根本就不算什么了。大家兴致勃勃一个接一个爬钢梯,男士还是在上面接应我们。我爬的时候,最上面几阶有点劳累,怕手抓不劳,单腿跪在钢筋上用力上爬,感觉到疼痛,上来看看,腿上破皮了,青了一大片。

王灵芝 ◆ 著

不到一个小时路程,前面有人喊吃西瓜。一位驴友带了个大西瓜,背在背包里,准备中午午餐的,这会儿感觉西瓜是负担了。我们七八个附近的人,就地瓜分,还有人笑闹着说,还有什么好吃的,全拿出来,给你减轻负担。在汗流浃背的山林里,能吃到甘甜多汁的西瓜,真的感觉这西瓜味道太美了。

一路无话,披荆斩棘,涉水穿越。好多瀑布,从附近山崖上倾泻而下,水声潺潺,很是惬意。到了山顶,居然看见石碑上写着"清凉峰"。原来铁匠峰还在附近,但这会儿无论如何是去不了了,看着近,这中间隔着万丈山峦呢。

山顶耸立很多石崖,光秃秃的像竹笋那样生长在平坦的草山上,这就是地质上所谓的石林、石芽,奇形怪状,看着也新奇。领队让我们在此处休息午餐,卧在草地上,吃方便食品,等那些带炊具的人做好了饭,分点就够了。一天的路程,也不担心着急饿着。吃好了,慢慢欣赏这顶峰风光。

一览群山,连绵到远处到天边,大片的白云在山间在天空游走。白云、青山、蓝天相互辉映,我们这群五颜六色衣服的人们,成了自然中的点缀,增添了天地间的生机。不知名的山花,从山脚开到山顶,随处可见。采一朵野花,坐在一块临崖的石头上,身后是安徽,前方是浙西,石碑上刻着此处 1784.4 米,是浙西最高峰。

茫茫林海构成它的博大,巍巍之巅耸起它的伟岸,久坐,则凉风扑面,起身环顾,刚才青翠的山峦不见了,云雾如海浪般翻腾,我们也置身在云雾之中了。石林、石芽,飘飘渺渺,远山峰峦,朦朦胧胧,如临仙境。寒气袭人,"清凉峰"名不虚传啊!此际领队招呼大家,时间不早,开始下山。

离开这清凉幽静的世界,我们慢慢下山,蜿蜒山道,居然看见大片的情人草(又名网红草),深红的色彩在阳光下极具诱惑力,紫燕和我躺在情人草丛里,尽情享受这大自然的馈赠。阳光普照,我们都沐浴在金色里了。

沿着小道蜿蜒穿行,由空旷的山巅又进入茂林修竹间,溪水奔腾欢歌,山花灿然微笑。安静的山,古老的树,优雅的竹,自由的水,欢乐的我们和你们说再见了。

王灵芝 ◆ 著

徒步吴越古道

清晨,万家乡农家,观太阳从山头升起,听山泉奏日夜梵音。我们6:30起床,7:00早餐7:30出发,经过半小时的车程,到达吴越古道山脚下,8:00开始徒步游走古道。

顾名思义,吴越古道是五代十国时期,吴越(浙江)与南塘(安徽)的主要通道,全场 35 公里,我们的路线是到达"江南第一池"浙西天池,赏天池风光,然后自助午餐后原路返回。

道路狭窄,大家分散前行,我是怕孤单的,紧紧拉了杜丽华一起行走,边走边谈,这路途也不寂寞,还可以互相拍照。这是一条古老的石板台阶,依山势,时而陡峭时而平缓,沿溪而上,千转百折,有些不是石板,就是圆石头,坑坑洼洼,很是难行。好在沿途风景无限,古树、翠竹、茂林、山花、小桥、飞瀑,一路遐思,古人就是在这样的道路上行走的,如果没有压力,仅以赏风景的方式行走,还是很惬意的。

如在画中游,我们尽情呼吸,享受绝对的自然和自由。

行进间,看前面一个约四五岁的小男孩在哭泣,他的妈妈一边走一边呵斥他。凑近和他同行,原来小男孩摔倒几次了,但他硬是不让大人拉他手。他父亲无奈,走进林里给他找来一段竹竿,让他拄着前进。他可能是流汗了,哭闹着要把牛仔裤脱掉。妈妈说山林里不能光腿,有虫子,男孩不依,最后还是把裤子脱了,他开心地走得更快乐,小屁股几乎完全暴露,同行人都看着他晃动的小屁股笑他可爱。一会儿他不小心又摔倒了,这下磕了膝盖,他又哇哇大哭起来,但擦开眼泪,还是倔强地前行。我也顾不上看风景了,就跟在他屁股后面，其实我已经有点疲惫了，我没有他走得快啊！

前面出现两块巨大的岩石挡住去路，近前仔细观看，石刻"千倾关"，光滑的岩石中间有一处天然石门，仅可两人并行。查看附近地形，石门东侧是高山西侧是深谷，这里的确是"一夫当关，万夫莫开"。这里就是古人的军事要塞了。查阅资料，原来这千倾关与千秋关、昱岭关合称为"浙北三关"，是当年守卫吴越国首都临安的重要关口。

过了关口，我又赶紧追那小男孩，终于在休息处，我得到他妈妈的同意，抱抱他，并和他聊天合影。很喜欢这样有个性的男孩，自己摔倒自己爬起来，再继续走，这样的毅力做事情，还有什么不能战胜的？希望他前途无量，能成长为中国男人的榜样。徒步登山，其实他比大人还要快，我们累得气喘吁吁，他却没事。

继续，我已经很疲惫了，在开阔的有长长龙须草的地带，终于看不见男孩的影子了。我落后了，杜丽华也不知道哪里去了。忍着汗水，我必定要到达天池，终于听见了有人欢呼，前面就到了。很快我也看见了大片的水域。

这就是位于千顷山巅，海拔 1100 米的浙西天池了。湖水清澈幽蓝，水天一色，视野开阔。天池四周低山环列，"山山朝千顷，水水往池流"，芳草

王灵芝◆著

鲜美,泉流淙淙,一路的劳累在此荡然无存。静坐水边,把零食投入湖中,引得几条小鱼儿欢腾。掬一捧清水品尝,清澄甘洌。远观:蓝天、白云、重重山峦、灿灿野花……

蓦然想起我的一双儿女,立即电话,儿子正在上海大海边和同学们疯玩,女儿在徽杭古道和同学们漫步……隔着天池水我遥望,我血脉相连的孩子啊,你们都有自己的朋友圈了,但我们永远不变的是对大自然的爱恋,对美好生活的追求,上海大道,徽杭古道,每一条路都连着归家的路……

惊魂仙人洞

依然身在宁国,计划中的最后一天,是去仙人洞探幽。早上8:00我们集合,向万家乡西泉出发。一路向北,翻过一道道山坡,好在都有小路,而且可以看到道路两旁的果园和菜园,这附近是有人家的。

天空飘起了毛毛细雨,我们都随身带有雨衣,大红大紫的专业户外雨衣,在翠绿的群山间极为醒目。因为宽大,我们迎着风,飘然在雨雾里。远山迷蒙，到处湿漉漉的，空气特别清新。没了炎热，这天气反而增添了我们的游兴。一行人在山间小道上徒步约十公里，到达一处村落。

这是典型的皖南山区风格。粉墙黛瓦马头墙，虬劲古老的香樟，干净的水泥村道，道两旁不是各色小花就是各类蔬菜。紫色的长豆角，像辣椒一样细长的紫色茄子，只要有泥土的地方，就没有空白的。山里的人们是如此勤劳啊。

王灵芝◆著

仙人洞

穿过村落继续向北，群山叠嶂，有些高大巍峨了，我们沿着水泥路面前进，这里是可以开汽车的。很快，看到苍翠掩映中有个洞口，上书"仙人洞"，道路也到此为止。

看着黑乎乎的洞口，有一条溪水从洞里流出。这里面分明是没有电的，领队让我们打开手机，有头灯的也全部打开，清点好人数，我们依次进洞。开始一段，要踏着溪水上的碎石弯腰爬行，头顶是正在滴水的钟乳石。爬了几分钟，进入了比较开阔的地方，终于可以直起腰了。依然很黑，领队呼喊着我们要紧跟队伍，不要随意拐弯进入别的通道。我便有点胆颤心惊，仅仅跟随队友，不敢有半点疏忽。七拐八拐，我们又进入了一个更大空间的洞里，抬头仰望，头顶四周很黑，中间像是穹顶，颜色灰白，浅了很多，明显那里又是更高的洞顶了。

　　我们紧跟着男士们,先参观这大的溶洞,到处滴水,地面有溪流有水洼,用手电照射,可以看清楚,许多钟乳石千奇百怪,有几处还真像穿着古装的仙人呢。就这一点光亮,大家也不忘拍下来。不敢久留,跟进去寻找大部队,他们好像已经沿着石壁,爬上了更高一处。没有栏杆,没有台阶,只几处可以放脚的洼处,到处湿滑,我们手趴着岩石往上爬,一边是岩壁,一边就是我们刚爬上来的洞。往下看黑乎乎的,令人恐惧。好不容易爬上这一处平坦的地方,蹲在黑暗处,紧靠着石壁,我就不敢动了。

　　这时候听见紫燕在呼唤我们几个女士,我答应着,她说我们不要再前进,就在此停留。说前面沿石壁转弯,可以更上一层楼,但路太窄,没有灯光没有防护栏,脚下湿滑,我们还是不要去了。我蹲在石壁边,看着前面影影绰绰的人们,忽闪着几处头灯的光亮。眼前看不见底也看不见顶的巨大空间,忽然看到很多的蝙蝠在盘旋,也有个别在我们身边盘旋,这一发现,令我实在不敢动了。明知道蝙蝠有雷达,但还是担心这可怕的东西不要撞到我身上。

　　有个别队友从更高转弯处下来了,一位男士喊我,说转弯的世界更奇特,空间也特别大,洞顶色彩一层层变浅,好像夜晚的天空。只要转过石壁就没有危险了。我赶紧说不去,他抓住我的手把我拉起来,说带我过去,我失声尖叫,也把那位男士吓了一跳。有队友问我怎么了,我说没事就是害怕了。紫燕姐让那位男士负责保护我,并把我带下去。他拉着我下撤,我又是手脚并用,才下了刚才上来的那个石壁陡坡。额头冒汗,脊背发凉,万一我失足滚下去,我这不是找死来了吗?

真的可以说是连滚带爬,满手泥污,原路返回洞口,又从那溪水里爬出来,看见了外面真实的天空,我长舒了一口气。这什么仙人洞?假如放点恐怖音乐,伴着那翻飞的蝙蝠,传说中的地狱、阎王殿也只能是这样的吧?

探幽寻奇,有些原生态的没开发过的地方,还是不要贸然前行。大自然有时候很神秘,它不愿意让你探寻更多的一面。

王灵芝◆著

秋　色

我多想，多想走出这喧闹的高墙
走到芝麻花的身旁
蹲下来悄悄告诉它
你全身都有迷人的清香

我多想，多想穿着我的绣花鞋
在旷野里看狗尾巴花正在窃笑
那些鼓着腮帮子的黄豆
看，玉米的亲吻让高粱羞红了脸庞

我多想，多想走向那小村庄
只要狗儿不狂叫
我就偷偷地摘一朵眉豆或葫芦花
悄悄地插在鬓旁

我多想，多想去抱抱那粉妆玉琢的孩儿
让他看看南瓜花正吹着小喇叭
在召集葫芦娃、枣儿、石榴、柿子
还有那袅袅娜娜的丝瓜姑娘

我多想,多想再做一回偷青的少年
摘几粒垂涎已久的邻家葡萄
在田野里升起滚滚浓烟
把毛豆、红薯的清香品尝

我多想,多想做一只美丽的鸟儿
欢畅在你身边,立在你指尖上
就这样,就这样在浓浓的秋色里
一声声把幸福的歌儿吟唱

艳美甘南

有一个地方,它如暗夜里最温柔的一片月光,连同那些一边开花一边拔高的嫩黄、浅黄、深黄的油菜花一起,铺天盖地,漫过我心海的堤岸,淹没我浓浓的乡情。这里是天外的一方净土,雪山草原、碧水蓝天、寺院梵音……还有我最灿烂的年华和漫山遍野的格桑花……

遥思凤凰山,点燃一炷香,甘南在脑海里缓缓走来……

一座城和一个姑娘

一位年轻的女子,背着大包小包,背着年幼的儿子,手里还拉着一个稍大一点的小姑娘,她们坐了几天几夜的火车、汽车,翻越高山草原,最后来到了甘南的一个小城——碌曲。孩子们只是

茫然地跟着,但在内心知道,这里居住着一个非常重要的人,他就是父亲!

年幼的我就这样和母亲、弟弟一起来到了碌曲。那时候父亲在建筑公司上班,母亲也就在工地上当小工,我负责看护年幼的弟弟。幼年时代能和父母在一起的最幸福的时光就这样永远留在记忆里。好像每天清晨,都有牧民来卖鲜牦牛奶,母亲就买一大瓷缸牛奶,在锅里煮开,用一块纱布过滤一下,放上白糖,让我们喝,刚开始我不习惯,总想呕吐,但后来慢慢感受到香甜,也慢慢习惯了当地的酥油茶和糌粑。零食就是煮好的大块牛羊肉,饿了就用刀切一块。过了一段时间,我和弟弟的身体都健壮起来。

白天父母都去上班,我和弟弟在家玩腻了,就倒上一壶热茶,去给干活的父母送去,然后在工地上玩。一次我清楚地看见母亲从很高的石头台阶上,倒摔下来,我拉着弟弟飞快地跑过去,母亲摔伤了腰,工人们把母亲扶起来,幸好不太严重,我们就搀扶着回家,根本就没有去医院。这在我幼小的心里留下了伤痛,理解了生活的艰辛大人的不易! 母亲只休息了几天就又去了工地,我知道家乡的奶奶和哥姐们还等着父母寄钱。但我能为家庭做点什么呢?

父母几乎都是天黑了才回来给我们做饭。一次我突发奇想,我要让劳累的父母回来就吃上热饭。便动手找面粉,弟弟给我抓住盆子,和面做面条。面粉不多了,心想多兑点水不就可以多和点面了吗? 结果和好了,和成了光光的面团,才发现面团太软,没有留一点干面粉无法擀面。以为自己闯了祸,就搂着已经睡着的弟弟忐忑地坐家里等。谁知道母亲回来不仅没有打我,还夸我懂事,教我以后如何做饭,但没她在的时候不许我用刀切菜,担心我把手指头给剁了,那一年我还没入学。

一次弟弟生病了,我拉他手去给母亲送茶。他不走,我抱不动也背不动他,急了,硬拉着他往前走,他往后挣。我没拉住他的手,他摔倒在沙石地上,脸上出血了。那一瞬间的自责和心痛,今生难

王灵芝 ◆ 著

忘！这是血浓与水的亲情,以后我的记忆里再也没有动手打过他,凡事总是想让着他心疼他!

这一座小城让我有了记忆和善良的思想！让我在父母身边的幸福时光里也有了暗夜里的眼泪,我会想念家乡的奶奶和哥姐！会因我吃肉喝奶而他们没有而难过！亲情为什么就不能圆满呢?一缕乡思乡愁已深深植根在骨髓里!

稍大一点,父母便送我去上小学。天不亮就要起床,在清冷的夜色里,走过一座有潺潺山泉的小桥,去和不同民族的孩子一起上学,清楚地记得,那时候教室里没有电灯,我们在自己课桌上点上蜡烛,然后大声诵读……最喜欢的是音乐课,漂亮的女老师拉着手风琴教我们学唱歌。一次在操场排好队练合唱,一位男老师站在队前,一边拉琴,一边不停地挤眼歪嘴,我看他如此地做鬼脸便忍不住笑了,谁知道他过来就直接给我一个响亮的耳光,同学们看着我,没一个人敢笑！呜呼,我是新来的,怎么知道他有病呀!

什么插曲都会有,记忆中的第一个六一还是非常开心的。母亲给我扎了两个小辫,还配上大红的蝴蝶结,带上好吃的,我们集体去爬山。浩浩荡荡打着彩旗,穿过溪水去爬山,去野营,去采满山遍野的格桑花……

后来我回到故乡上学,虽然可以和家乡的亲人一起生活,但远离了父母亲,而且还住校。太多的夜晚,我一遍遍读姐姐们写来的信和随信寄来的几元钱而泪珠儿滚滚,我开始深深地思念那座小城,那儿的时光……高中毕业,我回到那座城,命运使然,我当上了这座城中学的英语教师,开始了我十几岁就站讲台的教学生涯,开始接受了藏传佛教,开始了另一种乡愁。多少个晨昏,我在青青山坡上或悠悠小树林里伴着山泉诵读,多少个明月夜我望着连绵的群山那边滋生出茫然的乡愁……就这样,颍淮大地,甘南草原,交织在我的生命里,一方如明月另一方是清风,一方是烟柳另一方是晴空……

千里奔波只为你

"这是一座踏入高原的彩门,这是一片秀丽而神秘的热土,这是一座被山水和民俗浸润的魅力小城,五彩经幡中的高原明珠——碌曲。"碌曲,是洮河的藏语音。碌是"神龙",曲是"河",意为神龙河。哗哗东流的洮河水,九曲十八弯地环绕着一座座青山、一片片草原……

王灵芝 ◆ 著

二十年弹指一挥间,再回首仿佛是昨天。青山依旧在,白云仍悠闲,只岁月换了人间、苍了容颜。正值盛夏,应该是甘南最美的季节,弟弟要带着八旬白发父母,再回一趟他们工作过的地方看看,我立即有"归心似箭"的感觉。我们清晨出发,自驾越野车直奔碌曲而去。

清晨的高速公路任我们驰骋,广阔的颍淮大地苍翠无边,好的心情让我和弟弟一路高歌,父母看着我们也是满心欢喜。成年的我们,能陪伴父母一起出游,完成他们的心愿,自己都觉得是快乐无憾的。我们辛勤工作,赚了钱,给的最少的还是父母!天下的父母都希望看见孩子们快乐安稳,这就是他们最大的幸福了!

中午时分,到达陕西境内,弟弟说附近是金丝峡大峡谷国家森林公园,是5A级风景区,被誉为"峡谷之都""天下奇峡""中国最美大峡谷"。这一程目的就是吃好、喝好、玩好,让父母无憾。于是下高速,进入风景区。山川河流,亲密相依,公路蜿蜒,随山势而转,修竹茂林,灿然野花,时有山泉人家,挂起酒茶招牌,撑起一把阳伞,招揽游客。选择了一家邻水的农家,要了当地的野菜野味。坐在凉亭下,一边听山泉,一边品美味。我点了一道"神仙豆腐",软软的滑滑的,比豆腐的颜色深,比凉粉有韧性,的确好吃。饭后我围绕农家前后转悠,看了山泉水浇灌的菜园,豆角满架,茄子、辣椒生长茂盛,丝瓜架上开满黄花……悠闲的山居生活,是多少人向往的事情!

饭后进入风景区,距大门很远就必须停车步行,年迈的父母显然不适合爬山,我们在山门口休息,只见青山巍峨,白云悠闲,泉水叮咚,游人不绝。大门口几棵老核桃树,挂满了青果。这倒是一处登山的好去处,弟弟都来好几回了,我自己还是不要登高了,搀扶着父母,天色尚早,我们还是赶路去甘南吧!

继续高速,穿秦岭、过西安,夜半时分,来到了一个接近兰州的小城——鸳鸯。这里明显地干旱,和南方的田园风光已经完全不同了!一宿无话,第二天清晨出发,很快来到了西北重镇兰州市。没有走绕城高速,而是特意走了市内,黄河大铁桥也不像以前那么雄伟了,黄河母亲雕像也远远地看到了,她依然慈祥地抱着宝宝微笑在黄河边。经过小西湖汽车站,我真是酸甜苦辣涌上心头!幼时母亲带我和弟弟,多次在此等车,铺了简单的东西让我和弟弟在车站地面上睡。一次母亲让我守着行李,她去买票,我睡着了,一桶姥姥带给父亲的香油被人偷了。看着母亲失落的身影,我真是深深地自责!虽然我以后给家里买了无数次的油,但也不能弥补我那次的伤！还有我多次自己贫病交加在此忍着寒冷买票等车，那时都是坐候车室里等，也根本没有空调之说，哪里有地方可去睡？岁月更迭，如今都可以住宾馆了，这座城留下了我很多无奈和叹息！

过了兰州，直奔甘南，早些年前就不需要盘山翻越七道梁山脉了，已经修好了穿山隧道，节省了半天的时间。这些道路已经很是熟悉了，风物依旧，山河依旧，道路比以往还要宽阔干净！来到临夏城，我们午餐。多年的手抓羊肉还是那个味道吗？选了一家干净的穆斯林饭店，要了卤面和手抓，卤面的汤汁还和以前一个味道，几片牛肉，几片煎豆腐，青翠的葱花蒜沫，浓浓的卤汁，滑滑的长面，只有此地的水才能做出这样的面！难怪在很多外地吃不到这种味道！手抓也是原汁原味，年迈的父母也尽情享受着美食，我很是欣慰！我仿佛有种回到老家的感觉，近乡情怯，分别二十多年了，我该如何去面对那一座小城？

从甘南州到碌曲，没想到很多的地方都建了隧道，盘山老路都废弃了，当看到了熟悉的路标，阿木去乎、郎木寺等心里涌起一股股暖流，这里的山，这里的草原，都是那样的熟悉和亲切！一片宽阔的草滩上开满了各色鲜花，一匹黑白相间的马在那儿悠闲地吃草，旁边溪水哗哗，一个很小的经轮在风中、水中不停地转动。远处是碧水绕青山、白云映蓝天，牛羊成群，几位穿藏袍的牧人骑在马上扬鞭高歌。此情此景,我们停车,飞向草滩,草是那么厚那么软、花是那么多那么鲜、水是那么凉那么甜……胡乱趴在草地上,每一次都是惊叹!

车沿洮河而行,峰回路转,一路是金黄的油菜花,是熟悉的风景!来到碌曲城外洮河边上的"赛尔青滩度假村",弟弟要给故人一个惊喜:在这儿告诉他们我们归来了!老爸搀扶老妈走过小木桥,清澈的溪水滋润着灿然鲜花,溪水缓缓没入水草深处,红柳林里,一座座小木屋,一个个小凉亭,一顶顶五彩帐篷,一道道飘扬的经幡。一脸高原红的藏族姑娘们,按我们的要求端来了酥油茶、糌粑、酸奶,我就坐在凉亭下,笑看青山白云,笑看蓝天碧水,笑看各色鲜花,笑看我亲爱的爸妈和弟弟……还有那近在咫尺的碌曲城!

碌曲夜色

满天繁星
今夜为什么如此晶莹
怯怯地走在夜色里
谁人坐在我曾经的房中

我不敢啊
不敢再往那个方向前行
先看看我诵读的小树林
再听听洮河的浪花声

贪婪地享受这久别的气息
含笑中已是泪花晶莹
父辈们选择了这一方山水
最好的年华里我们在这里修行

一草一木早已融入血脉
欢笑和悲愁,演绎了
前世今生和来生

二十年啊
山水依旧白云依然在游走
格桑花年年谢了再开
徜徉在馥郁的夜风里
岁月留下的依然是云淡风轻

王灵芝 ◆ 著

碌曲的一宿是无眠的,虽然老朋友祖树林夫妇极为热情,把他们女儿的卧房让给了我,但无论我怎样睡,就是感到心潮澎湃,思维不能平静。索性把腿翘的高高的,脑袋放低,我依然大脑不受控制,失眠了。这里海拔也仅仅只有三千多呀!

一早我们驱车,先去尕海湖,再去郎木寺,转道则岔石林,最后一站,我们生活工作过的地方——双岔乡政府!

尕海湖畔白鹭飞

尕海湖位于碌曲县境内海拔3400米的尕海草原上,藏语称为"姜托措钦",意为"高寒湖",当地牧民称为"高原神湖",是甘南境内第一大淡水湖,水域面积近600公顷,是青藏高原东部的一块重要湿地。湖四周河流纵横,植被良好,是优良的天然牧场,有各种珍禽异鸟栖息于湖畔。

从碌曲桥头南行,草山不高而青青,河水不急只潺潺,仍然是山花烂漫,牧歌声声,很快来到了开阔的草原上,远远看见大片的水系,这就是尕海湖了。

公路边有好几处旅游度假村,我们选择了离湖畔最近的一家,其实也就是几顶帐篷，五彩经幡拉起来一块草滩，放置些座椅。我们刚进去，就有热情的藏族同胞用汉语问我们需要什么，自然是点了酥油糌粑、奶茶、酸奶。

品一品奶茶唇齿留香，看一看尕海神思飞扬。蓝天上白云朵朵，湖面上鸟儿翩飞，风轻轻，日暖暖，望一眼白发父母神态安详，想一想家中儿女情满心房。这是一方纯净的天地，没有喧嚣尘屑，没有大厦高墙，神鹰可以在湖面上自由飞翔，歌鹰也可以在这里自由吟唱。弟弟自号"歌鹰"，他说他的嗓子就是在甘南草原上练成的，天高地阔，这会儿他想怎么唱就怎么唱！

我则在一个帐篷前盘膝端坐。信仰，那高高飘扬的经幡，也许能把我美好的愿望和天地相连，老天会厚爱一切豁达、善念的人！

王灵芝 ◆ 著

此际，有人在草滩上骑马，主人也笑问我们是否要骑。遥想起二十多年前，我带着侄儿风雨中从李恰茹牧场步行到玛曲桥头，又从玛曲桥头骑马到此的情景。那时的我们在桥头风雨中瑟缩，电子表受潮不显示时间，这条路上一天只有一班从玛曲开往碌曲的班车，错过了班车无法到达碌曲城，而夜晚草原上会有狼群出没，焦急的等待中远远看见一牧民骑着一匹马，带着三头牦牛。在草原上看见人，那是多么高兴的事情，我们大声喊着请求帮助，年轻的牧民过来，连比带画明白我们是要去碌曲城，牧人把我托上牦牛背，他则让我侄儿坐在他怀里，但从没起过牛马的我。因牦牛背骨高而好几次摔下来，后来他看我实在不行，他骑牛，把马让给我，又托我上马，并把侄儿抱到我身后。

就这样风雨中我们来到尕海湖畔，因雨太大，而不得不到附近牧场土房内避雨，后来听见了汽车的引擎声，是班车！我们呼喊着,他抱着侄儿,飞跑去拦车,在我上车的那一瞬间,我把早已准备好的几元钱塞到了他的藏袍里。

那时的尕海湖烟波浩渺,雨雾中带着面纱,此刻天高云淡,尕海湖美景尽收眼底,湖岸连着苍翠的草滩远山。我在此合掌,感谢那英俊的藏族青年,感谢这一方纯净的天地……一只鸟儿飞过水面,当年的小伙子,愿神佛赐予你一生吉祥安康!

云中郎木寺

郎木寺少时熟知其名,但是没有去过,心想不过一寺院而已,大夏河的拉扑楞寺去了,附近大小寺院都去了,就没想过要到郎木寺看看。

这次重返甘南,不同过往,弟弟说这地方以前不出名,有个西方旅行者无意间来到此地,被周围的自然环境和浓郁的藏传佛教氛围所吸引,一住数月,写成一本书,郎木寺被誉为"东方瑞士"在西方传播,以至于有很多外国人慕名来此处修身养性,小镇也因此而发达起来。我又看了一部反映这里独特的文化和风土人情的电影《云中郎木寺》,便对郎木寺也有了向往,决定来看看这片远离尘世的净土。

郎木寺位于碌曲县城南90公里处的郎木寺乡,西倾山支脉郭尔莽梁北麓的白龙江畔,地处甘、青、川三省交界,为藏传佛教寺院。"郎木"为藏语"仙女"之意,因其山洞中有岩石酷似亭亭玉立少女而得名。寺后林荫深处有一虎穴，藏语叫"德合仓"，所以寺院之名可翻译为"虎穴中的仙女"。从碌曲去郎木寺，必经之路就是尕海湖，所以我们一直向南，省道也不是当年的沙石路面，全是柏油铺就，我们车行驶在鲜花烂漫的碧绿草原上，恍若置身世外，看见路边一块指路标牌上写道：梦幻天边若尔盖草原，我的心儿都醉了。

美丽的草原，梦幻的草原，就在我脚下啊！

远观云朵下朱红色的群峰

在平坦的草原上奔驰了一会，就转弯进入慢坡山区，看见的青翠山坡上簇拥出来高峻挺拔的朱红色的山峰，《西游记》中的火焰山也就是这个样子了。车一路爬坡，看到了远处山坡上的阳光下耀眼的寺院金顶，这就是郎木寺镇了。

早有人指挥车辆停靠点，我们徒步进镇，石铺的街道很窄，两边商铺均是木石建筑，并不高大，店铺里太多的是旅游商品、民族用品，我们的目标是山顶的寺院。

这里海拔很高，气喘吁吁来到寺院大门前，必须先休息。我便在门前高处看风景。据说郎木寺与四川境内的格尔底寺隔白龙江相望，早年盛极一时。1969 年被毁，现在逐年恢复。不错，这一路都有挖掘机在作业，寺院内也在建工程。

记载还说寺前有一山，形似僧帽，寺院东方红色沙砾岩壁高耸，寺西石峰高峻挺拔，山下大片松林茂密。形似僧帽的山因植被茂密还真看不出来，东南方的朱红沙砾岩壁是刚看过的，寺院西方也可见崇山峻岭。这里气候并不寒冷，植被茂密，花草茂盛，看来的确是一个好地方！

王灵芝 ◆ 著

转了一圈真真感觉这里山水相依,景色秀美,空灵绝尘。金碧辉煌的寺院群错落有致,木石民房古朴风雅,古柏苍松翁翁郁郁,能在这里待上一年半载,也绝对是人生的一场修行了。

我仅在四周转转,并没有进寺院拜佛,遥遥在门前静默,佛在心中,佛在身边,我挽紧父母的手臂,慢慢回程。有些地方,还是不要穷尽为好!回程的街道上,看到五彩青稞酒,精致古朴的外包装,让我想起了青稞酒的馥郁,毫不犹豫地买了两箱,回乡想和朋友们分享,分享这份空灵,这份洒脱,这份我挽着白发父母的内心安详……

遥拜凤凰山

甘南,被称为中国的"小西藏"和甘肃的"后花园",甘南的美集中在碌曲,碌曲的"小江南"在双岔,这是我心中永恒的一片净土,承载着我最灿烂的青春年华,我们一家人因此地而改变!所以我们可以不去则岔赏石林峻秀、鲜花溪水,可以不去李恰如牧场看额日哉冰峰云蒸霞蔚、雪峰泛银……双岔必须去!

我们从郎木寺出发,途经我从没走过的草原小路。气候温湿,无边的草原开满无数的鲜花,金灿灿的黄麻花正在怒放,大片大片的粉白、洁白就不知道是什么花儿了。突然路前方出现好几只旱獭,滚动着肥胖的身体在横穿公路,看见我们车来想回头又想前进,那憨乎乎的样子可爱极了。弟弟急忙停车,拿出相机追随它们,这小东西并不怕人,也跑得很慢。一路我们停了好几回,心情大好。我又发现一只灰兔快速钻进路边洞里,但一瞬间它又高高伸出头来张望,正可笑间,它旁边又伸出一个脑袋,都转动着脖子张望,摇下车窗对它们欢呼,两个小脑袋急速缩进洞里,一转眼又高高竖起耳朵,大眼睛好奇地观望,这兔子没见过车和人吗?

一路开心,慢慢不再是广阔的草原,而是进入了密林,来到则岔石林入口,南望,石林上空依然是云雾升腾,石峰隐约可见,近处溪水潺潺,红柳依依,各类鲜花铺满草滩,还是当年的原始、当年的清秀。我们看看时间,年迈的父母也不可能再深入石林。我们眺望、静默,满满的都是对当年生活的怀念……

弟弟开车,行驶在每一处都是我们熟悉的地方。山川河流没有丝毫改变,红柳松柏也不过是高出了当年,道路不是当年的坑洼沙石路,明显好了太多。大片大片的油菜花开的正旺。洮河水呀,绕着山川千年未变在哗哗流淌。这条路啊,我当年没忍住与世隔绝的孤寂,曾奔着父母骑行去碌曲县城,根本没考虑一天的骑行,破自行车,一个姑娘一路会遇到怎样的情况!为了怕天黑时而不到,我黎明就出发,上坡一身汗、下坡一阵风,赶路啊!累极了去喝洮河水,去草滩上躺一小会,这群山茫茫密林间,只有我一个姑娘啊!那时就一个信念,我要去见我的亲人爹娘!

峰回路转、路随河转,满眼的蓊蓊郁郁,洮河就在脚下。看见了村落,看见大片的青稞和油菜花。山川如诗如画,白云悠闲游走,穿过一个村落,看到了扛着土夯工具的村民,他们身着藏袍,过着比较原始的牧耕生活。多想把这质朴的一切都捕捉到相机里!看见了金黄花海里的寺院建筑群,我们来到了熟悉的双岔了!

没有看到我初次来这里的那座七个窟窿八个洞的木板铁索软桥。车通过一座石桥开到乡政府街道上,适逢小学放学,短短的街道,就那么几个单位和一个小学,孩子们依然感觉脏兮兮的,但都好奇地看着我们。步行来到乡政府,想寻找我们以前住过的院子,但被一座现代化楼房代替,没有一个认识的人了。进了乡政府院里,找人闲话,说我们是以前这里的住户,他们也很是热情地介绍,说这一处花坛就是当年我们的家。转了一圈,除了青山,没有熟悉的东西了。

这一处的老房子啊,我度过了怎样的时光!有一次就我一人在此,语言不通没有朋友,没有通讯工具,大雪封山,不见班车过来。三天三夜啊,鹅毛般的大雪就那样不紧不慢地下,没有一丝风,不分白昼黑夜,万籁俱寂,天地时空为之静止。我只有读书、唱歌。夜半推窗东望,雪停,皑皑山林上是湛蓝的夜空,半个圆月正好转过山坳,慢慢地、慢慢地展露了全部,冰清玉润,清辉普照人间。我翘首东南望,遥远的山的那边是我的故乡,从此滋生了乡思乡愁。山村寂静的生活,我自学习汉语言文学课程,寂寞成就文人,也会激发人的思维。一次我和老乡说:我要是能在碌曲中学当语文老师该有多好!老乡立即说:碌曲中学就少你这样的?但这个愿望因为契机很快就实现了。

西行到了二地沟口,这里我们必须下来走走。二十多年前,父

母在此建立了香粉厂，就是把柏树枝干磨成粉，作为原料送到各地制香厂做香敬神佛。辍学的二姐在此和父亲一起开电锯，把柏树圆木锯成木板，好的做家具建材，不好的粉碎了做香粉。这是一项重体力活，二姐做急了，便看书学习，在此报了牧民户口，居然考了甘南州第一，被江西南昌大学录取。二姐开启了我们姊妹的美好前程，而后大姐也进了兰州师大，弟弟考上了公务员调回老家，我正式成为碌曲中学的一名教师。这一切都是在此起因。乡政府座落在凤凰山的怀抱里，正南方门前洮河自东向西流过，这大院里居住的大人升职，孩子不管哪个级别没有一个考不上学的，这是圣山的恩赐吗？

原来的香粉厂房屋已经不在，这个厂养活了我们一家三代人啊！一次母亲给二姐寄生活费，下午为牧民磨面粉又挣了 50 元，母亲就去找邮局领导，把上午的汇款单又添加了 50 元。母亲主厨，也总是把好吃的多盛给做重活的父亲和年幼的侄儿。到我拿工资的时候，我总是把工资全部交给母亲去置办一家人的生活！这双岔的生活经历，让年少的我学会了如何生活如何善待家人！

步行进入二地沟口，我忍住自己没掉泪。极目向沟内观望，苍翠的依然是群山，一条溪水从群山间的沟内流向洮河。记得刚来这里的时候，5 岁的侄儿带我爬山，从这里进入山林，就听到雷鸣般的松涛。我看着参天的松柏，林下茂密的灌木，虽有花朵草莓之类，怎么也不敢再前进了，恐惧。后来习惯了，多次和家人一起进入密林深处采狼肚菌、野菜、野花、野果，挖过草药，也曾在此抓过娃娃鱼，砍过烧柴。一次大雪，牧民习惯用牛粪做燃料引火烧煤，我不习惯，带上侄儿，进入二地沟，选一棵小的柏树，用斧头砍，头晕眼花地砍好（高原用力头会晕），重的树干我背，轻的柏树枝让侄儿背着，一大一小的两个身影行进在洁白的冰雪世界中，回到家，家里便被我弄的狼烟四起了！

晴好的时光里，每天早晚我都会在此背书，在此听不远处寺院的晨钟暮鼓声,汉语言文学的专业课程就是在此完成的!青山绿水没有让我辜负了青春!

退回沟口,看到凤凰山南坡,依然是旧时模样。那时我家后窗就是山坡。侄儿带我翻后窗爬山,这一处十分陡峭,我爬上去趴那儿不敢上也不敢下来了,想哭又不敢哭,以至于后来无数次爬山,从没有从这条路上去过!当地人称这里是老虎嘴。但我观望最多的是风雪中这石崖上傲然挺立的桃花!这里的桃花在孤寂的岁月里赋予了我灵性和不屈的精神!

天色不早,我们驱车返回,过河来到乡政府对面的青稞田边,回望凤凰山,当地人说,那老虎嘴的地方,远看就是一尊盘腿端坐的神佛,那两个山洞就是神佛的眼睛,我们家正好就在神佛的怀抱里,遥想这些年的历程:父母健康安在,我们姊妹一个个从这里起步走向了广阔的天地,走向了工作岗位。弟弟和我心有灵犀吧,他停下车,我们跪在青稞田边,向着凤凰山,向着乡政府,恭恭敬敬磕了三个头。福山福地福泽人,谢父谢母谢神灵!

默然上车,此时西天彩霞涂红,金黄的油菜花海里,一个中年男教师带领一队小学生,在回村的路上,他们天真地望着我们,在他们稚嫩的脸上,我看到了双岔的未来,也看到了自己的责任……

二十年未见的同事朋友,定好了酒店在等我们。驱车前行,洮河的水啊,我又一次亲近你!寺院的钟声啊,我又一次听你响起,我看到了晚霞里花歌小学的孩子,排坐在校园里,如和尚般在上晚课。今晚我要和旧友饮酒,饮这有着高原质朴与芬芳的青稞酒!

马拉松长跑

2015 年 10 月 25 日"徽商银行杯"合肥国际马拉松赛暨全国马拉松冠军赛

用时 2 小时 27 分,完成 21.0975 公里半程马拉松赛

王灵芝 ◆ 著

完成半马后的反思:我比非洲女士白多了,虽然没她腿长,和她拍照时她会弯腰尊重我的身高;我比这 80 岁的老人跑得快多了,虽然我 80 岁时不一定在世上;我比这位受伤的先生幸运多了,尽管结束后意犹未尽,但腰不酸脚不疼;虽然我没跑最前面,奖牌还不一样照拿?坐草地上的感觉全身无一处不舒服!回来吃点水果喝工夫茶,身心俱爽,突然生出邪念:有机会谁带我跑次全马?

孙子带着 80 多岁的奶奶参加迷你马拉松

专业的国际友人跑得太快,但这位黑妹说不跑了,我只好丢下
她继续前进。

终点的汗水。

天　堂　寨

一路诗情一路歌

　　有一个地方,不是天堂,胜似天堂。它是华东最后一片原始森林,是长江淮河的分水岭。山体雄浑,溪水幽深。奇松异石、樵村渔浦、茂林修竹、飞瀑流潭、古寨遗风,美不胜收。司马迁曾感叹:"山之南山花烂漫,山之北白雪皑皑,此山大别于他山也!"大别山因此得名。骄阳七月,天堂寨,我们来了!我们一行32人,代表颍淮文坛来了,我们将用诗歌亲近你!

王灵芝 ◆ 著

诗人东方穿针引线，一手促成天堂寨红色采风之旅。一早我们出发，在民政部门工作人员的带领下，首先去阜阳福利院看看那些孩子。专业人员为我们讲解福利院的一些基本情况。由于天热，出于对孩子们健康的考虑，只安排我们看望两个房间的孩子。其实，我刚进院的时候，就发现一个六七岁的男孩，趴在二楼栏杆上看我们，和一般的男孩没什么区别。我问工作人员，这是我们院的孩子吗？回答是，而且是院里最健康的一个。

我们了解了很多孩子的来历、收养、资助等情况后，进入房间。这个房间住着6个孩子。进门看见一个十几岁的大男孩，两只手用布带绑在床边，只有稍许可以活动的空间，这令我惊诧。一个年轻的阿姨介绍：不这样，他会自残伤了自己。又看见一个几个月大的孩子躺在小床上，说是先天无脑，还有肢体面部残缺的……阿姨再三告诉我们，不要对着孩子拍照，要尊重他们。得知阿姨也是义工，无偿来照顾这些孩子们的。我拉着诗友胡维倩的手，看见张殿兵已经是红了双眼，我忍了几忍，终于在卫生间里哭了一会才平静。我不能写一个字，维倩写道：

哦，折翼的天使／你的世界于我，星星般遥远／天宇里孤零／憨憨的笑，刺痛一颗心／不，无数颗心在痛／你是"妈妈"的宝贝，怎忍心你这般孤零／我愿是这里的一名义工／每天握紧你的小手，搀扶／摇晃的步履，让快乐相伴左右／我愿是不离的慈母／总将世界温暖了之后／再温柔地，给你。

带着泪痕，带着满满的慈爱，我们一车人，在市文联丁友星副主席的带领下，去走进红色天堂寨，去看看这"吴楚东南第一关"，去看看刘邓大军千里挺进大别山的指挥部，那里曾拉开了全国解放战争的序幕。

午后抵达天堂寨附近，安排宾馆住宿就餐，地道的山乡土菜，大风诗友拿出两坛好酒，青花瓷大瓶，五斤装，声明：中午仅仅尝尝，晚间才可以一醉方休。我们饥不择食，也顾不得美酒了。一大桌菜吃完，店

一生痴绝处

家又下了两盆面条。前面有美景，必须吃好了才出发。

白马大峡谷

白马大峡谷位于白马峰下，是淮河的主要源头之一。外旷内幽、峻峰林立、树木蓊郁、飞瀑飘逸，是避暑的好去处。刚进入谷内，看着熟悉的山水，其实多年前，我就慕名来过。

那是国庆小长假期间，我因数月脑供血不足，引起头晕头痛，药物无效，烦乱之际，决定带一双小儿女来这儿亲近自然，远离凡尘喧嚣。记得当时，刚入寨门便细雨霏霏，买了一次性雨衣，瑟缩着随着稀疏的游人慢行，不敢登山，只选择了这条峡谷。雨雾中，只觉远处山川朦胧，近处溪水叮咚。雨时大时小，为照顾两个孩子，我也没有欣赏到什么景色。一会儿汗水，一会儿雨水，最终是感觉很冷而退出景区。买了一大包野生的小猕猴桃和一些山水鱼干，就回程了。但回到家，才发觉，不知何时开始，头居然不疼了。于是，便深信，这里的空气质量一定是好！

这会儿，文友们一起出行，随处可见熟悉的身影。天气晴好，刚入峡谷大门，女士们就争先在此拍照合影。董卫华大诗人也开心的让我们给他拍，晓曦立即和我耳语:你猜他穿了几条内裤? 我大为惊讶，仔细看了看，他这胯上居然四五道颜色，我们开心地冲着他坏笑。他也憨憨地冲着我们笑。我们愈加好笑了，悄悄转告，悄悄数他裤腰的颜色。女人们的心放肆地随着自然山水一起飘逸起来。

王灵芝 ◆ 著

进入谷内，顿感清凉，可人心就是不足啊，看见徐全庆穿着鞋就孩子般地跑到清泉里去了。石泉立即脱掉鞋子下水，少年般向周围的人们撩起了水花，引得我们纷纷打起了水仗。平时，很是严谨的丁主席，被我们撩了一身水，还呵呵地笑。大风更不像话，和大家对玩起来，简直一群顽童！

继续前行，肖炳华首先跳到水中的一块光滑的岩石上。晓曦也跳过去，我和七妹、卫华也跳上去。大家嬉闹着，挤在一起怕掉进水里。我发现对面的刘文敏像个七八岁的调皮孩子一般，以最快的速度踏着卵石，蹦跳着跑过来，这是要干什么？原来他说我们和背景就是一张绝美的画面，惊呼起来。诗友马路一下子就跳过来了，可怜的刘熹，也是想过来吗？他那大短裤，慌乱中手机竟然滑到了水里，再捞也没用了呀！大家熊他：手机值钱，还是茶杯值钱？你倒是把茶杯抓得紧。他也不生气，惋惜了一下，又回归少年本色。

风景激发了文敏的少年心，他在卵石上打起了不知名的拳术。遐想着作诗《山顶会有什么》：勇敢的人总是走在前面/漫山遍野回荡着凌绝顶的痴情/勇敢的人们要借山的高度/俯瞰自己卑微的人生。一会儿又对着石头发诗情：就知道会有这么多的鸟来/和我一起数石头/一块，两块/说不

一生痴绝处

清了/我到底爱过哪一块……石头从来没有挡住去路/它终将我引向河流。

　　一路诗情，漫步在峡谷中，尽情笑闹。淙淙的清泉水，在坚硬的岩石间穿流而过，犹如曼妙身姿的少女和豪情帅气的小伙跳着欢快的舞蹈，清澈见底的水里可见黑白相间的花岗岩石，好几位在水中捡拾心仪的石头。刘熹看见我说：刚发现有一大石，模样像极了灵芝草，可惜太大了搬不动。我就遗憾没有看到。但听着这耳畔清脆的流水声，天籁之音，什么遗憾也没了！

王灵芝　◆　著

　　峰回路转，全是溪水潭水相随，据说这水质为国家地表一级饮用水，是安徽合肥水源。我捧了水品尝，绝对比市场上卖的纯净水口感好。看着这翡翠般的潭水，近处清澈见底，我遐想：月夜无人，邀请几位女伴来洗澡，七妹的长发会拖到卵石上，青山绿水，长发美女，这应该是人间第一等美景！

合肥水源保护区

　　继续前行，碧波流长，呈秀美之态；河中沉岩，露浑圆之势；沿岸峰峦，现青翠之色。漫游谷中，巨石横布，龙潭珠连。我们踩着河中岩石跳跃而过、沿岸边崎岖小道而行，或小憩河旁，挥一把汗水，或嬉水弄石,来一点清凉。山花烂漫,水韵流转。诗友屈林、尘如斯等拿专业相机的,都成了我们的免费摄影师。嗓门大的陈广彬指着身后的一个馒头似的山峰说:这峰如我们颍淮文坛,在蒸蒸日上。大家便建议在此合影,也算颍淮文坛的一件美事。

人多,说笑间不觉得路长,出了峡谷,丁主席发令:下一个目标,回宾馆休息并晚餐。立即有人附和,今夜不醉不还! 李白斗酒诗百篇嘛!

孔一坛美酒

酒与诗歌,有时候就如同影与形一样不离。诗酒结缘,也似乎成为中国文学的一个传统。魏晋文学、唐诗宋词等都有大量描写诗酒的文字。在历代文人的世界里,酒是他们的精神寄托,饮酒也被文人们赋予了太多的文化内涵。斗酒斗诗,诗增添了饮酒之乐,酒激发了诗人的情怀。美景当前,今夜岂能无酒?

共计三桌人,安排的是地道的山里菜肴。没有点比较麻烦的吊锅鸡。只炒菜足矣。我们这一桌女士偏多。大风笑吟吟地捧出两个青花瓷坛,是"孔一坛"美酒,说是纯粮酿造厂"孔一坛"酒主人赞助的。一桌一坛,我们这桌想喝的就拿杯去倒。张殿兵拿出一大桶刚买的米酵酒,美其名曰:专门为女士准备的。我们就大喝特喝这甜甜的没有什么度数的米酒。另两桌一时推杯换盏,吆五喝六,诗酒一起来,怎一个"狂"字了得?

不知多久,这该散的也散了,想喝的继续。我和马路、肖炳华、诗友天涯咫尺等去逛街,想买点当地酒带回去。跑了几处,买了两大桶桑葚酒,看着殷红的酒色,心里美滋滋的。回房和天涯安歇,一宿无事。一大早才知道,男士们热闹了。他们聚在一起斗诗歌,斗地主,很久后周小曦发现,东方不见了。大伙赶紧找,他居然醉坐在卫生间里睡着了。这都是"孔一坛"的功劳啊!

东方醒后写诗:

天堂寨,我不会再来
这一次就已放纵了我的爱
第一夜竟在你的脚下大醉
不知可是对你的顶礼膜拜

天堂寨,我不会再来
我已留下我足够的爱
除了你的青丝发间
我未敢染指
其实我已揽你入怀

初见,再不相见
我只有如此表达我的爱
你的身影已经深入我心
但愿你记住我的风采

董卫华写道:

许是天堂寨一声轻唤
许是白马大峡谷一湾清泉的大胆
风,顺着天堂的漏洞
在天堂河里停下,摇醒

王灵芝 ◆ 著

步步下行的台阶和欲望

一泓清泉的深幽,潜藏迷途知返的回环

流水的韵脚,在印证

天堂寨里的天堂,来过

爱过,和被晚霞

彻底唤醒的笑颜

天涯写道:

七月流火似骄阳,白马峡谷溪水长。远山近水悠闲逛,舒畅。

屈林说:我多想变成一方石头/守候这潮起潮落/守候这不老的传说。

晓曦说:就今天,及此刻/请允许我为你浪漫一回/在你无垠的绿里/裸泳。

我看到后立即笑了,终于有人和我想的一样了,我也想在那翡翠潭水里裸泳呀!心有灵犀!七妹更厉害,她居然想学风的样子,在拐角小憩,又学风的样子,一点点上升,然后,整座大山,都被她掌控!

石泉写道:

白马峡谷沉在青石里

也沉在清泉映现的青天里

浓荫里鸣蝉

石头上流泉

淙淙如琴一个

叨叨如絮一个

从此清凉跳入彼清凉

一块石头周身清凉

石头上藏山林、白云、茅屋流水之纹

峡谷中有石泉相伴

流水浸润

色泽似玉

而昨晚

它开始案头陪我

浸润墨香

历一段书生之谊之情

写诗的何止这些人？包括丁主席，每个人都会有文思酝酿！美景与诗酒会有一次完美的结合。观"孔一坛"美酒，外箱上有诗：圣人后裔叫祥峰，老子同乡天纵情。欧苏之地纯粮酿，"孔一坛"酒扬美名。这美酒走出阜阳，喝到天堂寨来了。那五湖四海的游客，你们闻到美酒的香味了吗？

天堂寨登峰

早饭后集合，出发，再次进入景区大门，今天我们要登峰。一脚踏两省，北望中原，南眺荆楚，巍巍群山尽收眼底。这一份"一览众山小"的惬意，很久没有体会了。

民政局的人给我们每人发了黄瓜和小番茄。我是户外驴行者，自然装备齐全，这样的高度对我来说就是转一圈。七妹问我是否登顶,我回答一定会,便约好一起上。昨日大峡谷汗流浃背的那几位,还有穿皮鞋身体不太好的几位,可能是不能登顶了。丁主席又定了下山的时间,我们户外一向是守时的,所以我觉得不可能和大部队一起了。

上山开始,幽径绿道、山花烂漫、溪水叮咚,真如仙境!一转身就不见了七妹,维倩、晓曦根本不见踪影。董卫华,肖炳华和我一道同行。多年的户外经验告诉我,我绝不会让我一个人落单!走不多远,远远听见茂林深处,传来轰鸣的水声和游人的惊呼声,一道大瀑布自天而降,飞花溅玉于无边的绿韵里。太多的人在望瀑亭里休息观望,和瀑布构成了景人合一的和谐画面。

九影瀑,为常年流水瀑。瀑高71米,宽约12米,瀑布底端两块长花岗岩呈龙形侵入到岩石中,如二龙戏瀑,翻云弄雨,又如巨龙汲水滋润江淮大地。瀑下潭水称作仙女潭,潭水碧绿清澈。"踏遍黄峨岱与庐,唯有天堂水最佳",难怪仙女们也想在此沐浴了。我们在此处辗转流连,诗友尘如斯一身专业户外服,拿着专业单反相机,他自然成了我们的专业摄影师了。

他说以前来过此地,瀑布多着呢,最著名的有三道,上面还有惊喜呢,慢慢赏吧。

我们便一起前行。山势有时候会陡峭,时不时停下等等满身大汗的董卫华。名山多异石,这一处剑劈石,两石之间只能容一人穿过,还和传说中的八仙之一吕洞宾有关,真是太有年头了。其实传说也不为奇,这山水在地球上存在了多少年,谁说得清楚呢?

　　峰回路转。继续前行,林愈深、风愈凉,太多的游人在溪水边休息戏水。水里艳艳的女子,原来是维倩,那边叽喳尖叫着的是圆圆,原来张殿兵在水底石缝里发现了娃娃鱼,他们在水里一阵忙乱,殿兵居然捉到了一条。欣喜地要放到圆圆手里。我们都知道,这天堂寨是"花的海洋,动植物的天堂",据说动物有六百多种,野猪、穿山甲、金钱豹、原麝、大小鲵……这娃娃鱼,就是小鲵,和大熊猫一起被列入《国家濒危动物红皮书》,它有三亿年历史,可以与恐龙"称兄道弟"了! 这历尽沧桑劫难却顽强繁衍生息至今的精灵,在天堂寨,与诗人们邂逅了!

　　李芳诗兴大发:

　　回眸的小鲵

　　静卧在那处清澈的水中

　　等待诗人们爱怜地抚摸

　　就这样,一条小鲵被几位诗人捧着

　　像捧着一泓溪水的影子

　　一不小心,又潜入了那片孤独的宁静

　　溅起一串带有诗意的笑声

　　诗人们仅仅与小鲵嬉戏,终将留它在这千米高的溪水里。谁会忍心让这可爱的精灵离开自己美丽的家园呢?

王灵芝 ◆ 著

其实我对小鲵是再熟悉不过的了。在美丽的甘南草原，海拔三千多米的溪水里，同样生长着小鲵，当地人说小鲵哭起来的声音确像婴儿，所以又叫娃娃鱼。听着诗人们邂逅小鲵的欢声笑语，我多想戏闹圆圆：假如你们邂逅的是野猪、是金钱豹，还能这么欢笑吗？

山水两相依，人也完全融入山水里了。诗人们因这里的山水而改变了气质和容颜？

登山，魅力在于前方的风景是未知的，继续的是勇者！他们玩水，我们要继续登山！

走过小桥，走过石阶，走过卵石，走过很多游人，又见瀑布。

此瀑水势柔和，几度折叠，乘势而下，温文尔雅。相传很久以前，一对恋人为了摆脱世俗的束缚，追求美好的爱情，结伴至此私奔,消失在茫茫林海里,此水故得名"情人瀑"。因为"情人"二字的原因吧,很多人在此留影。对美好爱情的追求是人之共性吧!

王灵芝◆著

复前行,依然曲桥水树,山花相伴。马路总是恨不得把所有美景都拍到手机里。陈广彬总是搞笑,他抱着一棵大树,想学鲁智深倒拔垂杨柳吗?他自己说:抱棵青松当青葱,可恼一动也不动。看来不是花和尚,诗心一颗老顽童。

这是泻玉瀑(三号瀑布),爬到这里才发现,只有我和尘如斯了,其余文友都不见了。我们也兴致不减地在此拍照留念。这瀑布比情人瀑高多了,有 62 米,水帘宽 12 – 13 米。瀑岩呈淡紫色,略倾斜且岩面凸凹参差不齐,水流其上似滚珠泻玉,独特壮观,瀑布下滑跌落在石坪上,可谓是真正的"清泉石上流"。

又前行,我紧紧跟着尘如斯,他走得快,不时等着气喘吁吁的我。又走上一处小桥,我惊喜地发现,这里的水几乎是静止的,青山、绿树、山花、云朵倒映水面。这水面竟然有了魔幻的色彩。九寨沟消失的花湖,也不过如此吧!若是秋天霜叶红遍,这里会是怎样呢?但现在,尘如斯已经在这里沉默成了一道更美的风景!

我们继续登峰,已经不见了水。山路十八弯,艳阳高空,越走越热,我好像没了以前的体力,总是他等我!终于过了情侣峰,登上天屏峰。

"岩石古寨插云间,吴楚

东南第一关",江淮分水岭,皖鄂交界地。站在山巅,极目四望,一览群山,追古思今。"兹山独储英,群雄出其间",岁月流逝,山河依旧,石寨空有断垣残壁,青山依然雄伟多姿。中华民族,百折不挠也!

原路返回,回到景区大门口,我们的大巴车已在等候。最后一站,我们必定会去瞻仰刘邓大军指挥部。1947年6月30日,刘邓大军遵照中共中央指示,从鲁西重镇菏泽出发,千里挺进大别山,揭开了战略反攻的序幕。周姓人家为欢迎刘邓大军的到来,自愿借出修建于乾隆年间的五进祖宅,作为刘邓大军的前方指挥部。如今这里已成为红色学习基地,红色历史和文化是这片土地的灵魂。

王灵芝◆著

大巴车载着我们返程,途中看见对面山崖上的白马栈道,呈"之"字行凌空架在光滑陡峭的石壁上,未能前往腿已抖。这里不愧是红军的故乡将军的摇篮,这栈道就彰显着不同一般的震撼!

别了,天堂寨!你的山岳、你的瀑布、你的峡谷、你的绿韵、你的人文、你的诗情。春的百花繁盛;夏的清凉山风;秋的绚丽多姿；冬的冰雪素景。哪一天，你不是在迎接四海的游客呢？还有你的山珍佳肴、吊锅土鸡、农家炊烟、山间晨雾……

（东方、天涯、大风、尘如斯，是网名或笔名。）

勇闯库布齐

题记：如果没有你，我一个人该有多心酸……漫漫黄沙，举步艰难，我知道有你一路相伴。当我老了，我希望你还是前方的灯盏，是我触手可及的温暖……

王灵芝 ◆ 著

有人说：如果你是一个热爱户外的人，那么你的一生中一定要去一次雪山，去一次草原，去一次大海，去一次沙漠。因为只有这样户外人生，才是不后悔的人生。我已经去过雪山、去过草原、去过大海。对于沙漠的印象，早在少年时代，因为三毛，就曾对撒哈拉沙漠产生过无限的幻想。曾经因《哭泣的骆驼》而哭泣，因三毛的绝望而忧伤。如今在玩吧的组织下，有机会可以去穿越沙漠，为什么不实现自己的心愿呢？

有人说，如果爱一个人，陪他去沙漠，因为那里美丽如天堂；如果恨一个人,带他去沙漠,因为那里艰苦如地狱。爱恨都已经远去,那位白裙的痴心女子曾仰天祈祷在沙漠,那位西班牙大胡子分明已经化作爱的精灵。我是驴行者,我要走向沙漠深处,去体验流浪的脚步、去感受大漠的浩瀚。远观古老的阴山,是否还能感受到当年的金戈铁马,谛听悠悠的羌笛、苍凉的驼铃……

一路向北

我们一行 13 人,9 男 4 女,领队梁坤,收队大海。我们全副武装,于 4 月 1 号凌晨,乘坐从深圳开往包头的火车,向沙漠进发。头天开碰头会的时候,人没有到齐,这也好奇,同行的都会是哪些人呢? 领队说夜间 2:50 火车站集合,我两点整即打车前往火车站。刚过新大桥,看见夜色中清冷的大街上,有一位背包客,还带着一对登山杖,这个时间出发,这样的装备,必定是同去沙漠的人。招呼上车,果然是同行人。本想打车钱我出,哪知他客气地全部付了。我也心安理得地紧紧跟在他后面进了火车站。许多年来出行,旅途已经让我倍感苍凉,他亲切地问我是否取票,我说等领队,他立即说陪我先去取票,时间来不及了,我才惊讶自己的失误。男人的思维和女人不一样,我不用操心,只跟在他后面就可以了,这让我觉得很温暖,也开启了旅途的好心情。

又见了荔枝、解姐,很是欢喜。领队安排我们分别上车,我在卧铺安顿好,上来了出发前见过的几位。我上铺是明星般帅气阳光的小伙张峰,对面是此行最小的 14 岁驴友程路同学。我看到这瘦瘦的大男孩,开心极了。我儿子只比他大一点,我全当携子同游了,我必须爱护关注这少年。心里暖暖地陪他说话,看着他入眠。

黎明来临,我早早醒来,窗外无际的原野,麦色青青,村边的杨柳绿意融融,告诉人们春天已从江南悄然来临。火车过了很宽的大铁桥,也不辨这是哪里了,应该是黄河吧。我立于窗前,东望红日出于平原,这熟悉的景色多年来依旧:九曲黄河万古流,春到中原润九州。几缕炊烟随风起,数间房舍掩翠柳。岁月沧桑,改变的只是观者的容颜,生活中温暖的可以铭记的也是很多:立春时节曾北游,并立窗前看日出。如今大地换新颜,艳艳红日仍依旧。生活在喧嚣中,可以想逃离出行就出行,这岁月已经是厚爱我了。

火车过聊城、过衡水、过北京、过燕山。天空灰蒙蒙的,已经不见了新绿。山川依然是没睡醒的样子,崇山峻岭,灌木枯黄萧条,这便是北京以北了。火车不厌其烦地钻山洞,穿过一山又一山,偶尔的山间河水,也是不能用"湛蓝、清澈"来形容的!正感叹间,却见山沟里出现了稀疏的桃花林,粉色一片。虽没有绿色映衬,也能显得生机勃勃了。小程路也慌着要拍下这艳艳桃花。西面的山更加险峻,几乎是直上直下了,绝壁上也是灿然一片,情态极美!物竞天择,这桃花绝对是天然的,即便结了好桃,也绝对是无人敢问津的。山下偶尔的几棵老树,几户人家,掩映在桃林里,这也应该是真正清幽自在的桃花源了。

时光到了下午,这一列火车从南国春深一直开到北国春晚,穿过了平原、河泽、群山。两点多钟,来到张家口地区。灰蒙蒙的田野村庄,不见一丝绿意,田野像是去年的玉米田,散乱的秸秆堆在田埂边,几只羊在那里觅食。不见人烟,这一种荒凉让人觉得苍然。越往前走,越荒凉,这已经是戈壁、草原了。

进入呼和浩特市附近,也不是书中所说的"天苍苍,野茫茫,风吹草低见牛羊"的美景,到处都是沉寂的荒凉。夜色降临,华灯璀璨。7:30分,我们来到包头市火车站。塞外的夜风有点寒气袭人,我们入住神铁大酒店,等到明天徒步进入沙漠。

女店老板开心地和我们攀谈,说南方的女人特别了不起,她们生在此地也没胆量穿越沙漠。说得我们几个豪气顿生,像要去楼兰探险寻宝一样,充满了挑战的激情。解姐更是豪气地说,她已经登过西藏的四姑娘雪山,如果条件许可还想去登珠峰呢!

恩贝格到鹿场（第一天）

清晨八点,我们集合,乘坐一辆小中巴,从包头往南,经过黄河大桥,穿行在鄂尔多斯高原上。南行约50公里,经过一个多小时的车程,到达沙漠的边缘,也是我们徒步的起点——恩贝格。公路两边的绿化其实很好,很多没有新绿的树林,立有很多标记,标明这片树林是何人何单位出资所建,看来国家重视治理沙漠,更有志愿者为地球的千秋未来做无私贡献啊!

下了车,西望黄沙漫漫,沙丘连绵,的确是"天似穹庐,笼盖四野"的景象,只是风吹黄沙而不是风吹草低,更不见任何牛羊。我们整理装备,带上沙套,深一脚、浅一脚地前进,这就是库布齐沙漠。

阳光下,库布齐沙漠一片金黄,仿佛静止的金色大海。这是中国第七大沙漠,西、北、东三面均以黄河为界,地势南部高,北部低。"库布齐"是蒙古语,意思是弓上的弦。就因为它处在黄河下,像一根挂在黄河上的弦,故而得名。这是距离北京最近的沙漠,总面积145万顷,流动沙丘约占61%,长400公里,宽50公里,像一条黄龙横卧在鄂尔多斯高原北部,横跨内蒙古三旗,形态以沙丘链和格状沙丘为主。

〔一生痴绝处〕

徒步穿越沙漠,如今较为成熟的路线是南线穿越和东线穿越,南线没有任何补给,必须重装穿越几天几夜,难度太大。我们这次走的是东线。千里至此,就是为了感受浩瀚大漠,体验戈壁荒原。累并快乐着,这就是我们驴友的精神。挑战自我,挑战极限。

今天,晴空万里,没有任何多云的迹象,雨衣算是白带了。进入沙漠才几步,立即接到故乡问候的电话,有人关心的旅程不叫寂寞,开心地跟随在大伙身后,深一脚浅一脚地行进。这沙漠的路和平地不一样,用力大了脚会下陷,不好再次抬起,我便像会轻功一样,尽量让脚步轻盈。很是担心这枯黄的灌木丛里会出现响尾蛇、蜥蜴、地鼠之类的东西吓到我。领队笑我:纯属瞎想,果然除了很小的甲壳虫,没有发现别的动物。生命在这里就是极限!

矮小的灌木丛几乎都是干枯的,四月份的沙漠没有一丝绿意,偶尔的几株杨树也是树冠合拢,努力不散发水分,而根系可达周围数米远,深深浅浅牢牢扎根黄沙里汲取养分,看得人心酸。进入沙漠深处,灌木不见了,纯净的黄沙,偶尔几根白草也是干枯成白色了。我几乎不舍得脚踏在任何植物上,很怕伤了它生存的希望。这里极目远望,只是漫漫黄沙了。风不大,抬起脚步,沙随风走。我们是第一批进入沙漠的人吧,没有路标,领队依靠定位系统带领我们翻越一个又一个沙丘。太阳在头顶明晃晃地照,我们用面巾裹紧了头脸,戴上墨镜,还是感觉到空气的干燥和太阳的灼热。但停下来一会,又感觉冷风一个劲往脖子里钻。我岂敢掉队,上沙丘大汗淋漓,下沙丘惯性狂奔。狂奔不仅可以加快速度,而且不至于脚陷得太深。

紧跑慢赶,因为忙于拍照,我还是和喜爱摄影的江河拉在了最后。收队大海不时回头看着我们。我们边走边聊边寻找可以拍摄的东西。前面出现了一条几乎干涸的河流。河床上许多红柳丛，杨树伸展虬枝，直指蓝天。树木都是枯黄一片，不见一只飞鸟，但是很多鸟巢高挂在杨树上，很是壮观。鸟儿们在这样干旱的地方建立家园，鸟妈妈该是怎样辛苦地哺育孩子们！生命在严酷的自然面前太脆弱了。我们在河滩里树下休整，我便请江河大哥为我拍下一组手捧鸟巢的图片。尊重生命，珍惜生命！

一步跨过这流淌的小河，才发现水流不急的地方依然在结冰。远处停有一辆报废的中巴车，一个大牌子上写着：捉鳖弯。这名字多怪，言下之意这水里有鳖了？众人好笑了一番，我们继续前行。

过了河湾，我们又进入茫茫沙海，沙丘起伏连绵，已经是无边无际了。艳阳高照，紧裹了头脸，这会儿是燥热难耐，风呼呼地刮着，扬起很多细沙。除了我们一行人，就看不到任何足迹。风吹过的沙丘，一圈一圈的波纹，也如水浪一般有层次。我们身后的脚印估计很快就会被风儿填平，沙漠又恢复了亘古的沉寂！

领队提醒大家尽量走在迎风面，这里沙子比较实点，不至于脚陷得太深。但下坡的时候，再怎么轻快，基本也都是陷到小腿的。科峻一不小心走到下风坡里，突然陷到了膝盖以上。这可把身边的人吓坏了，这要是流沙岂不完了？众人赶紧用登山杖把他拽出来。我是没胆量独行的，只紧紧跟随在队伍之后。

　　午后大家又渴又乏，找个背风坡，休息路餐。没有任何可以遮阳的地方，不可能期望有树荫，只能席地而卧。反正哪儿都是黄沙，哪儿都是干净的。我躺在下风处，柯骏做的米饭，香味直往鼻子里钻，他又打了鸡蛋放了腊肠。下风处里，肖总正在下面条，居然还放了绿绿的青菜，这都是些吃货。我就闭目怀念青菜面条的味道，计划回家也好好做顿米饭炒菜。当然大家互相让着吃，也分享了零食。老城雨伞心疼儿子，那一大包居然全是吃的！

　　沙漠里气温还是很低的，躺时间长了也觉得寒气袭人，不能久待，我们还大概有一半的路程。没有留下任何垃圾，我们坦然前行。我希望能看见遥远的阴山，希望能听见一串驼铃，但眼前只是浩瀚无际的沙漠、烈日当空的蓝天和一群艰难跋涉着享受寂寥的人们……举目四望，实在感叹：

　　　　黄沙漫漫到天边，河流涓涓尽蜿蜒。

　　　　胡杨静静风中立，红柳幽幽叹华年。

碧海青天无有泪,苍鹰展翅眼望穿。

劲风扬沙尘扑面,烈日穿越举步艰。

有人已经步伐不整了,细沙无缝不钻,14岁的程路一直走在最前面,领队梁坤还算精神,张峰的鞋子好像不管要了,柯骏的脚好像起泡了。我的鞋里也是进了很多沙子,连坐下来脱鞋倒沙子的时间都没有。不敢耽误时间,不想拖后腿,只能忍着脚趾头的不适,跟紧队伍。

傍晚时分,已经疲惫的我们远远看到一片树林,远远看到树枝上有很多很多鸟巢,远远地看见两个蒙古包和几座简易的房子。这就是我们今天的目的地——鹿场。有了像路一样的小道,但这小道依然是细软的沙子,哪怕有几块碎石,也是可以支撑鞋不会陷进去呀!这也是奢侈的想法,除了黄沙,在这里就别想找另外的东西!奔着那个目标,居然有点欣喜了。

沙漠深处有人家

沙漠里的荒凉,是任何地方都无法比拟的。这茫茫沙海,死寂和空旷充斥着心扉!一天跋涉下来,筋疲力尽,最难受的是脚。昭君镇鹿场,就是今天的宿营地。

我们四位女士入住一个简易的房间,只一张大通铺。卸下装备,这细沙无缝不入,耳朵里、牙缝里、头发里、衣服里,怎么也要好好洗一下吧?但鹿场厨房不提供热水,洗脸水也没有更别想着洗澡泡脚了。我们发现不远处主人洗菜的地方水管裂缝处,向外喷水,就拿着小毛巾过去。这里形成了一个极小的水塘,周围有稀疏的几株杨树,居然看到了一对白鹅、一对鸳鸯。白鹅见我过来,一个劲儿地嘎嘎叫。公鸳鸯则围着我咕咕叫着转,瞪着红红的大眼睛打量我这个入侵者。很是害怕它会上前拧我。匆匆洗脸,这水却是刺骨的凉,立即打消了洗脚的念头。一会手冻得发红,赶紧缩着脖子回房,只好用湿巾擦擦酸痛的脚,钻被窝休息。

解姐是我们女士中体力最好的一位。荔枝说她跑到场后看水库去了,我便好奇,脚再痛也不能错过美景。爬起来随荔枝前往。果然是一方很宽阔的水域,远处连着起伏的山脉,近水是浓缩版的芦苇。假如不往西天看连绵沙丘,不在意脚下细细的黄沙,只东天这烟波浩渺、波光粼粼、远山起伏,还以为是到了冬天的江南呢。我们走在水边,寒气袭人,冲锋衣裤也不能抵挡寒风,觉得自己简直就是光腿。解姐已经远远走在水边了,看见了不远处的董哥,他在拍摄。我们惊奇地发现水中有很大的鱼儿在跳跃。水边太冷,夜幕降临,我们赶紧回头。时值红日西沉,茫茫沙海泛着红光,一群羊呼朋引伴地归圈。那条狗儿也只是看着我们,不再大叫。鸳鸯早已静卧吧?那两只大白鹅在悠闲地散步。刚好情人节期间网络疯传一对大白鹅生离死别的一吻,原来它们躲过了劫难,在这沙海深处过起了悠闲远离人间的日子!这样想着不禁连自己都笑了!

回到住处,看见大家在围观什么。上前一看,原来是两位老家西安的男士被雇在这里宰羊。那是一只肚子高高鼓起的很大的绵羊。我就奇怪,牧人们是不会宰杀怀孕的母羊的,问了才知道。这是一只公羊,刚才抓它的时候,它知道自己的期限已到,很是伤心生气,肚子就气得鼓起来了。果然,在破开肚子时候,他们在胃管处划一小口,像气球一样,羊肚子慢慢瘪了!唉,万物都是有劫数的,生为一只羊,就摆脱不了被宰杀的命运。

夜幕降临,领队梁坤安排好了晚饭,我们进入一个蒙古包里,团团围坐。前日在包头因为太晚,11人相聚只是初步认识,这一

王灵芝 ◆ 著

天的沙漠跋涉下来，大家仿佛多年的老友一样，那样自然亲切地坐在一起。共同的爱好让我们自然心意相通。大家来自各行各业，每个人都有自己精通的事情。我们户外人在一起，永远是一个温暖的话题！这沙海深处，我们同行者居然有"大江大河""大海""老城雨伞"，我们有缘共同举杯，有缘同一桌饭菜，谁会在意吃多吃少呢？真诚、善良、友爱、欢乐在杯盏间传播！每一个男人都那么无条件地、绅士地帮助女士们。纯正、自然、本性，这也是许多驴行者享受的一种人性的温暖吧。

一大盆羊肉，两条刚抓的大鱼等，满满一大桌饭菜，我们一扫而光，户外讲的是勤俭不浪费，酒酣饭饱，回房休息！不知男士们感受如何，我们四位女士聊天，久久不愿入眠。从武功山狂风暴雨，到太白山的风雪阻路，我们三位是一直同行的。年龄最大的解姐居然登上了强度极大的西藏四姑娘山，而且说条件许可，想尝试登珠穆朗玛峰，这真是令我们无法比拟了！真实感叹她瘦瘦的身体里，哪来这么多的能量！

夜半时分，我们一同到户外，不期看到了深蓝的夜空中那闪烁到地平线的星星！这里的星星又大又亮又多，是任何钻石、夜明珠都无法比拟的璀璨！浩瀚苍茫的沙海星空令我激动不已！但室外温度低的吓人，我们很快折返到被窝里。我再也无法入眠，刚才看见东天挂在杨树梢头的月亮，感觉和平时的不一样。暖和了好一会，我还是决定再次出门。我一个人站在沙地上，终于看清了东天的月亮是个瘦瘦的 L 形状。沙海、蓝天、瘦月、星辰、水域、杨树、红柳……任寒气侵袭着我的身躯，我把我自己扔进无边的寂寞和浩瀚里……

守住寂寞

长空的寂寞星星懂

它眨着眼睛

在倾情诉说

大地的寂寞风儿懂
它轻吟它高歌
将每一寸肌肤轻轻抚摸

沙漠的寂寞骆驼懂
烈日劲风
一步步默默跋涉

你的寂寞我懂
一颗心去温暖另一颗心
长路漫漫，岁月如歌

王灵芝◆著

想起了《哭泣的骆驼》，想起了撒哈拉沙漠中白衫裙的三毛！轻吟一首老歌：不要问我从哪里来？我的故乡在远方，为什么流浪，流浪远方，流浪。

为了天空飞翔的小鸟，为了山间清流的小溪，为了广阔的草原，为了我心中的橄榄树，橄榄树……

黎明时分，外面有人在惊呼，沙海日出！我以最快的速度飞身到水库边：艳丽的红霞铺满东天，蔓延到头顶，水面也是艳艳的红光，水天辉映，霞光万道！我快速捕捉了这震撼的一幕，然后静坐水边，在这洁净浩瀚的天地间，我该对着红日，许下我的心愿，为初心祈祷……

湿地、草原、沙漠、龙头拐（第二天）

早餐时间,幽默的肖总总是人气很旺。说昨夜某某人不睡觉,半夜起来数了星星数月亮,我们都大笑问那数月亮的是谁? 男士们那边的事我们当然不知道,我只是一个劲地想笑! 驴行的一个最大吸引力,就是前面都是未知的! 除了领队梁坤之外,我们可能都是第一次穿越沙漠啊!

张峰的鞋子夹层里进满了沙子,用刀子割破才把沙子倒出来再穿,轲骏的脚起泡了。我感觉我的鞋子小了要么是脚肿了。出发时,大伟好心赠我沙套,结果不好穿也不好脱,其实根本没起多大作用。这会儿也学江河大哥,用玩吧头巾做临时沙套,看着高大的肖总蹲在地上为我的鞋缠头巾,忍不住想笑!

时间是4月2号清晨8:30,我们整装出发。今日目的地是龙头拐,全程约30公里。告别这没见一头鹿的鹿场,我们沿黄河湿地牧场南的沙漠边缘,一路向东前行。这一路好歹看见了一些树木和芦苇，不过都是浓缩版的。风吹过荒凉的旷野，令人豪气顿生，想起汉刘邦的大风歌："大风起兮云飞扬，安得猛士兮守四方！"历朝的皇帝都会派将士驻守边关，羌笛悠悠，春风不度玉门关。当年的将士们生活可想而知了！

　　中午时分，我们徒步到了包头人家农场。这里其实就是一个废弃的民居吧。满是灰尘沙子的院落里，只有一个老头，我们得到了他的同意，进入一间堆满杂物，但有一张桌子的小偏房，背包只能放院子里了。几位驴友在房内拿出自带的炊具做饭，大家一边休息一边喝点热汤，好在这房内可以避风。只能容下几个人站，一个圆凳子也满是灰尘，垫了东西大家还互相推让着坐。一会看见主人在隔壁宰羊，他说明天清明小长假第一天，会有很多人来他这歇脚，他要准备些饭食饮料，就是大锅羊肉白馒头。闲谈才知道，这方圆几十里就他一户人家。他拥有一千多顷沙地。呵，原来这茫茫沙海戈壁草滩也是有主人的，真正的"地主"了！

　　从包头人家出发，翻越一条公路，我们又进入了真正的沙漠。这里是沙漠越野车的入口，几位酷酷的年轻人开着我从未见过的玩具一样的沙滩车在沙漠里疾驰，扬起漫天沙尘。问江河大哥，说这车价值好几十万，但只能在这里开着玩。专门买这样的车玩，也只能是奢侈的人了。

王灵芝◆著

翻越几个沙丘，我们就进入沙漠深处了。今天在假期里，远远能看见蚂蚁一般的人群也如我们一般穿越。这里的沙子好像比昨天细软得多，每一步，脚都会陷进去很深，越走越感觉疲惫,我就落在了队伍的最后,好在一会儿收队大海就停下来等我。我尽量只维持一个沙丘的距离。不然,队友们就从我的视线里消失了。

我在金色的沙海里尽力跋涉,奋力、坚强,一个人的烈日浩瀚!

江河、老董大哥喜欢摄影,在他们停留的时间里,我尽力赶上他们,感觉鞋里又进了沙子,没时间坐下来整理呀,就忍着,脚趾头蜷曲着前行。休息的时候,鞋里也倒不出来沙子,那只能是脚的问题了。跪在沙子里,是最舒服的姿势!肖总精力旺盛,拿登山杖在大海坐的地方画了个圆圈,大笑着:我去去就来,师傅不要走出这个圈子。引得大家开怀大笑他是猴子精。他又和江河一起,高举着别人留下来的两面旗帜,在高高的沙脊上,像战士一样雄赳赳气昂昂地走来走去,多么像两个顽皮的少年!

我也登上高高的沙丘,周围全是无际的浩瀚,不见一棵草、一棵树、一只飞鸟。白云在蓝天上肆意地行走。劲风吹来,肆虐着一群灰

头土脸的跋涉者。我拨通故乡的电话，世界真奇妙，电话的那端是无边绿韵的颍淮平原，电话这端是绵绵无尽的金色沙海！这里最美的就是线条，许多的沙丘给人一种太极般的感觉，阴阳互补，天地共融。沙漠与天空之间，就是这样一条完美的线条。我们在天地间，就是一种多余，这里不属于人类，这里应该是纯净的大自然。

　　傍晚时分，江河和肖总被当地朋友约去吃饭，他们两个分道去了靠近公路的另一边。我们剩余 11 人，要去今晚的宿营地——龙头拐。路越来越难走，心里越来越急躁。这时候看见了巨龙般在黄色的沙海中遨游的西柳沟，它是黄河的一个支流。我们便沿着河岸行走，但河岸也是细软的沙子。看见老城雨伞、老董等走到河滩里，也随他们变换路线。远远的领队梁坤看见了，因为天色已晚，呼喊着让我们不要掉队，不要离开队伍。但我实在不想再踏上那软软的黄沙，腿没了一点力量，脚开始不听使唤了。也不敢坐下来倒沙子，就那样用登山杖支撑着机械前行。暮色里看见了一些建筑物，知道龙头拐就要到了。我们索性就下到河水边，这多少有点像草地，总算不用陷进沙子里了。

一天的跋涉，背上的包越来越重，暮色降临，我只好无奈地紧跟在老城雨伞后面，来到了龙头拐营地。此时小长假已经开始，营地附近的沙滩上，扎满了五颜六色的帐篷，各色户外俱乐部的旗帜飘扬。远处沙丘上也是人头攒动，少说也有几千人。这儿是距离北京最近的沙漠，太多的大学生和驴行者们蜂拥而至。大巴车整齐地停在一边，他们应该是初到。

看着这些生龙活虎的大学生们，是"为赋新词强说愁"呢？还是真的要历练一番呢？

天上的星星会说话

沙漠深处一个小小的院落，如何能容纳这么多来自五湖四海的人们？原先定好的房间，也只给我们留下小小一间。其实就是一排简易房。不过20多平米的房间,中间一个火炉,靠墙一张简易桌子,对面就是两个通铺。领队算了一下人数,我们四位女士睡靠近门边的小通铺。天呀,四条被子都铺不下,我只好和荔枝合用一条被子,多余的盖上面。对面减去会友的江河和肖总,7 人挤挤吧。大老爷们打呼噜,这一晚够热闹的了!

人这么多,房间里还是寒气袭人。我看了看炉子和煤炭,去外面找了些枯枝,升起了火炉。大家拿出了自带的锅,总算可以喝到热水了。出门又接了一盆冷水,兑上热水,我们四个女士就这样洗了脚。我的脚又起了泡泡,领队梁坤拿出药膏和一个回形针,要我自己挑破,真的下不了手扎自己!他过来帮我,那回形针本来就没有尖,扎得我尖叫连连也没能挑破,梁坤不知道去哪儿终于找来一根针,总算解决了问题。人太多,隔壁和我们争一个洗脚盆,我出去交涉了好一会儿才再次把盆拿回来,男士们的脚也不好受,不洗洗这么小的空间简直不能呼吸了。柯骏说脚起泡走不了了,明天不穿越了,说完话就打起了呼噜。男士们庆幸着有两位住高级宾馆去了,否则只能有两位睡地板了。

休息,等了好久好久,领队告知可以去吃饭了,大家早已经是饥肠辘辘了啊!人太多,他们在厨房里临时拼凑了桌子,我们就在那就餐。不外乎羊肉、土豆、卷心菜。做的什么都是香,梁坤自带了酒,几杯下来,大家也顿消疲惫。怕累怕苦的人是不会来沙漠的,我们都是好样的!酒壮英雄胆,豪气顿生。此刻,外面响起了强劲的音乐,大学生沙漠篝火晚会开始了。

他们可能也喝酒了。许多人手拉着手,就那样任性地围着篝火狂欢,青春的气息溢满沙漠!我们回房,仅一张塑料板之隔的隔壁人在高谈阔论、狂歌尖叫。房后音乐震天响,另一帮年轻人也在围着篝火歌舞。我悄悄融入夜色中,找一个沙丘,依一棵胡杨而坐。思绪在浩瀚的天宇拉开了序幕……

深蓝的天幕上，闪烁着数不清的星星，最好认的是北斗七星。它们排列好，不断地闪烁，努力想照亮整个沙漠。银河系高悬中天，牛郎、织女依然分离在银河两岸。年年七夕，三百六十四天的等待，也总会换来一夕相见。等待是苦更是甜！如旅行，享受的是到达目的地的这一过程和一路的风景。人生百年，百年之约，百年等待，还是再来五百年等待？踏遍千山万水，历尽风霜雨寒，一路行来，青丝霜然！

依然会钟情山水，依然能登上山巅，依然敢面向惊涛大海，依然能穿越沙漠浩瀚，依然有太多的梦想要去实现，依然不会低下头委屈心愿！那么，这群星闪烁的夜晚，我还奢求什么呢？一片完美的天空，一片完美的沙漠，心系乡园，此刻在享受一个人的荒漠，一个人的清欢！

"天上的星星会说话，地上的娃娃想妈妈，夜夜想起妈妈的话，闪闪泪光鲁冰花……"，轻歌一曲，人远天涯近，凉凉的夜风传达着绿园的情义，遥远的织女已是笑意盈盈了，那憨厚的牛郎从人间追随她，一直追到天上，一种情愫让仙凡不同的人成了日夜守望的亲人……沙漠的夜空，经得起千万年的洗礼和考验，闪烁依然……

迤逦大漠穿越难（第三天）

库布齐沙漠，今天已经是第三天穿越了，柯骏的脚出了问题。领队联系了宿营地主人的小车，直接上公路送他去响沙湾。我们的背包都放在车上由柯骏照管,我们直接轻装穿越。8点多,不同的俱乐部打着不同的旗帜,浩浩荡荡出发。太多的人汇聚在一起,天气很是寒冷。看看水流,有的还在结冰。我们往东南方向前进,没走多远,前面一条河流挡住去路。

这条河是西柳沟,是一条季节性河流,也就是龙头拐的上游,河对岸就是我们要穿越的高大沙丘。河床很宽,但河水并不深,太多的穿鲜艳户外服的男女们聚集在河滩里,景象极其壮观,令老董大哥想起了非洲高原肯尼亚的野生动物大迁徙:成群的羚羊、成群的斑马、成群的野驴、成群的大象、成群的角马、狮子、豺狗等等。哈哈,整个河滩里热闹起来了。人们想找可以跳跃过去的地方,但河流好像哪儿水域都是很宽。有些人开始涉水过去,领队梁坤查看了地形,第一个赤脚涉水过去,而后大家都紧跟着涉水。我看着冰水发愁,这些天的药白吃了,说不定还会继续得病。犹豫了一下,身边的大海立即说要背我过去,张峰也立即说要背荔枝过河。大海一米八几的个头儿,虎背熊腰,背我是没问题的。我先背上大海的包,拎着大海的鞋,俯身在大海宽厚的背上。他背起我摇晃着走在冰水中,深深浅浅。我们两个都是很滑的冲锋衣,一会儿我就要往下掉,大海在浅水处把我往上背了下说,"姐,别勒我脖子!"我立即笑得喘不过气来:不是我要勒你脖子,是我一个劲往下滑呀!就这样一步一步,他光脚踩着碎石、冰块,把我背到了河对岸。张峰也背荔枝过来了。他们坐在沙地上歇息,我看见张峰的脚趾头流出了鲜血!英俊年轻的张峰也不过是一个不算强壮的大男孩，我们立即心疼地递上纸巾，感谢两位驴友！写诗为赞：

过冰河

南国春意已盎然，塞外冰河犹凝咽。

涉水男儿岂惧冷？伏肩女子尚何寒！

冰冷急流难抬步，乱石暗藏前进艰。

走走停停过河去，壮哉美兮好儿男。

过了这一道河，前面还有更大的挑战。沙丘下这道水流，更是宽阔，而且细小的芦苇、不知名的水草丛生，很多是折断的芦苇尖尖，赤脚过去太危险，穿鞋一定会灌满水。我们在水边徘徊，看有些人用塑料袋裹紧了鞋和腿，快速过去。没有退路，领队就赤脚先过去了，说到对面去捡人家用过的塑料袋，再回来给我们一个个过河。我们等了好久，看见大学生小伙子们，有的扛起姑娘，自己赤脚，就那样英雄般的过河去。没有男士照顾的，只能自己趟在冰水里过了。

梁坤回来了，说脚被冰块芦苇又划了伤口。他捡了很多塑料袋，还有两双深筒雨鞋，我和荔枝鞋外面套上了那大雨鞋，也不能管这雨鞋的漏洞和大号码了，就那样在梁坤的指挥下，快速提着气，一口气飞奔过河，慢了就陷进去了啊！我只捡那水草多的有冰的地方下脚，被人踩过的地方，一脚下去就陷进很深的泥水里。侠客般地飘身来到对岸。梁坤敦促大家快点上沙山，我慌得连那大破鞋也没来得及脱掉。荔枝的鞋更是滑稽，她走一步鞋歪一步，脚其实就是踩在鞋帮子上的。再看我前面的大海，一只脚的塑料全刮破了，扯掉扔了，另一只脚厚厚的裹着塑料袋，怎么感觉都想大象的蹄子！他还一步一瘸往上爬。风中我们比赛爬山似的，或者真的像角马过河，后面有鳄鱼追杀般拼命往前跑一样，连跑带笑，我实在喘不过气来，看见满山头的花花绿绿的人群，我怕找不到队友啊。那个慌，唉，不要命了！

爬上高高的沙丘，赶紧坐下来脱鞋。俯瞰河滩里的人群，的确像非洲大草原的动物迁徙！沙丘东面就是连绵的沙漠腹地了。寻找年长的谢姐和年轻的姚文燕，已经在沙丘脚下了。这两个强驴，累死我也跟不上她们！领队让我们赶紧下山，说过河已经用了两个多小时，前面的路程还很远呢。沙丘太高，我和荔枝紧紧拉着手，每下一步，沙子都会几乎没到膝盖，还必须快速，我们尖叫着，一起连跑带滑飞奔到山脚。不能顾及形象了，我必须匍匐在沙地上休息！看队友们的狼狈样，看他们在仔细倒鞋里的沙子！

必须踏上征程，我们向茫茫沙漠腹地走去。此刻烈日当空，长长喘一口气，强劲的风可以说是热浪袭人。湛蓝的天宇上，没有一丝云彩,蓝天下沙海里,一群疲惫的寻梦人在跋涉!无尽的沙丘无尽地展现着优美的线条,旷野除了风声就是死寂笼罩着一切,幻觉中这好像远离了人间,地狱里的路程会比这更艰难吗?但我们的脚步从没有停下过,脚步踏出去了,就不会退缩!看着包裹严实的驴友们,看着一直跑在最前面的小程路,我们都有多帅,多有魅力!

时空仿佛都静止了,只有移动的脚步!我落在最后面,收队大海不时回头看看我,我也绝对不能和大家拉开一个沙丘的距离。我承受不了看不见队友,一个人置身沙海的恐惧!但我的脚实在麻木了,机械地移动,只能依靠下沙丘的惯性冲刺和大家缩短距离。在大家休息时赶上他们!

我想我的脚可能肿了,鞋明显小了!但我也倒不出来沙子,每一步脚都像踏在刀刃上。解姐让我脱了鞋赤脚走,知道前面还有很远的路,我不敢光脚在热乎乎的沙子里。如果脚坏了,这路程只能爬了吗?还是坚持忍耐!继续前行!此刻已经是挥汗如雨了。

来到一片有些干枯植被的地方,大海带路,我和老城雨伞父子一起,想抄近路,大海有定位系统,他说不错方向就能走出去。很快,我们几个人就远离了大部队。翻过一个又一个荒凉的山丘,好歹沙子不会陷那么深了。在一个山头休息,我明显感觉体力不支,心慌有点像晕的感觉,老城雨伞带了那么多零食,分给了我许多,

| 223 |

我都吃了,才觉得体力有所恢复。我突然想到了"生死相携"这个词,户外彰显的就是人性最纯真善良的部分,素不相识的人,因一次户外同行,会成为一生的朋友!

继续前行,完全依赖大海,他往哪儿带我们就往哪儿走,这里根本就没有路。鲁迅先生说过:其实世上本没有路,走的人多了也便成了路。但这里不是,风过沙无痕,我们后面也不会有路!

在一个山头,对讲机联系到了走另一条道的领队梁坤,我们等着与他们汇合。其实就隔着几座山呀,彼此就仿佛隔了千山万水!时已近中午,我们在山间漫行。到了一个有几棵老树的山头,我们就地路餐休息。

大家纷纷把食品拿出来分享。最后一次路餐了,吃完减负!我和大海、老董坐在下边一棵树下,梁队和荔枝坐在上坡一棵树下,其实这树荫根本遮不了阳,心里作用还是让我们依树而坐。荔枝的身影正好和树干重合,树冠上有大大的两个鸟巢,我拍下了这一镜头,呵呵,荔枝的头上长鸟窝呀!说说笑笑,也没有太久停留,我们反正是热,还是赶紧向宿营地进发吧。

王灵芝 ◆ 著

走过有点植物的沙丘,又进入寸草不生的沙海,午后一两点钟的太阳火辣辣的直射下来,让人有种眩晕的感觉。生物钟催人昏昏欲睡,我就机械地前行,大脑除了前进,就是一片空白了!一会儿我落最后,一会儿荔枝整理鞋而落最后,收队大海和我们就保持一座沙丘的距离。我的脚实在不听使唤,想哭、想恼、想趴在地上不起来!我要懈怠了,难道要动用救援,来人背我出去?还是拉骆驼来驮我?同样是女人,我要娇气了,懈怠了,此刻迎接我的只能是被沙漠淹没！我是女人，是可以小桥流水、饮茶赋诗的女人，但艰难的环境中，要我刀山火海、风雨雷电，我会逃避吗？执念令人坚强！经历了，过来了，才知道自己有多坚强！也许，我如这沙漠里的一株植物，我不能选择生存的环境，却可以尽力去拓展生存的空间，尽力了，即便成了枯枝也无憾了！

来沙漠之前，这一点早想过了，不还是义无反顾地来了吗？

大海指了前方那隐隐的白房子，说那就是目的地。也知道这中间隔着无数的沙丘，我决然脱掉鞋子，鞋子皮子夹层里灌满了细沙，不可能倒出来，脚已经被挤压成怪模样，水泡、我的脚指甲……估计以后看见这双登山鞋就会头晕！

记得户外人说过；你去什么样的地方，就要有什么样的装备！这是真切的教训！

这里的沙子会唱歌(响沙湾)

中国目前发现的响沙有三处，库布齐的"银肯"响沙，宁夏中卫沙坡头响沙和甘肃敦煌响沙。这三处响沙，都位于内陆区。沙丘高大，沙坡背风向阳，沙丘前有水渗出或有流水途经。因此,响沙是沙丘处在特殊地理环境下出现的一种自然现象。

"银肯"响沙面临大川,背依茫茫大漠,处于背风坡,形似月牙,面积只有亩许大。"银肯"是蒙语,汉译"永久"之意,当地群众叫它"响沙湾"。该处的沙子,只要受到外界撞击,或脚踏、或以物碰打,都会发出雄浑而奇妙的"空——空——"声。人走声起,人止声停。因此,人们风趣的将响沙称作"会唱歌的沙子"。但是,阴天下雨或搬运到异地,沙子就不响了。

这都是提前查资料知道的,我赤脚来到响沙湾,看见一个沙丘上许多人在拍电影,来回反复走着,模样很怪。摄影师看了看我说,你们从沙漠深处走来的?我回答走了三天了。他摇了摇头说:你们不是自己找累吗? 呵呵! 继续前行,来到一个小火车道旁的沙丘上,不幸踩到了骆驼刺,我脚上只有薄薄的袜子啊! 好在走出沙漠了,这点痛不算什么,我跷起脚让旁边的董哥拍照,我可怜的脚呀!

王灵芝◆著

这是开往沙漠深处的观光火车,是专门为老人、孩子和不敢徒步的人准备的。铁轨处有碎石,我就这样光脚踩在碎石上穿过铁路,向售票处、滑沙处与驴友们汇合。我蹦蹦跳跳地走着,仔细听了,遗憾只有游人的嘈杂声,没听见沙子在唱歌。或许我是光脚,力度不够吧,也或许天时地利没占好,没缘听见。

滑沙处售票,每人20元,看着兴高采烈滑沙的人,不过是从这高沙丘上滑下去,荔枝兴趣盎然地还想去滑呢! 我三天都过来了,不要钱请我滑也懒得再滑了。经历过了,便不再稀奇! 正好江河和肖总打来电话,他们也来响沙湾找我们玩,汇合后一起回包头。两位大侠居然花钱坐索道过这面来接我们。我们天生驴命,全部都是一步一步走的啊！

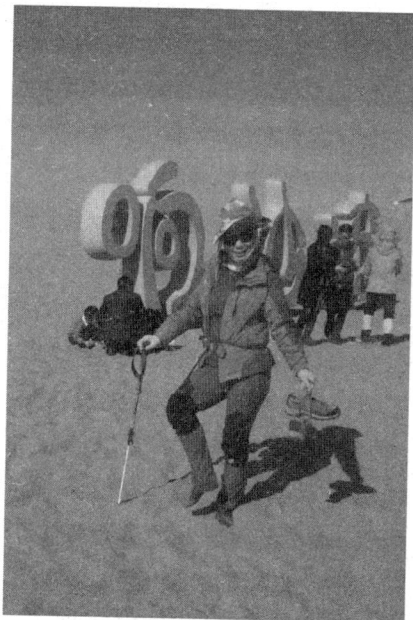

从响沙湾那高高的沙丘跑下来，要过一座小木桥，岸边都是湿地，我又弄了两脚泥，溪水边卧着两头骆驼，它们可怜兮兮地看着我，我也可怜兮兮地看着它们。走过碎石地，还要爬台阶登上山顶停车场，我的脚无论如何也不能穿进这双鞋里了！终于登上山头，这里是平整的水泥路面，休息区有桌椅。有几个人向我投来奇怪的目光。哼，姐是刚穿越大漠回来的！这模样有什么好稀奇的？看见远处走来肖总和江河，我赶紧把脚藏在椅子下面，还是勉强把登山鞋当脱鞋吧！

有游人的地方当然少不了小吃和小纪念品。看见一个小吃牌子上写着"茶汤"，是从一个很大的铜壶龙头嘴里倒出来的白汤，在一个精致的小碗里，搅拌了一下又放入葡萄干，红糖之类的调味品，看着就好吃，十元钱一碗。我和荔枝就每人要了一份。看着远处也在吃这的董哥，我们大笑着说：这都是活明白的人了！

稍作休整，原先租好的那辆中巴就来接我们了，行程圆满结束！回望大漠，在夕阳里闪耀着金色的光芒！我们经历了，我们完好地出来了，大漠里留下了我们的脚印一串串，但很快也就等于什么也没发生过，大漠依然浩瀚无边，日月星辰依然灿烂！

大漠以它博大的胸怀拥抱每一个亲近它的生命！每一种沙漠植物，都在顽强地彰显着生命的不屈！胡杨之所以被誉为天之骄杨，看了它庞大的根系，明白了，它为什么会活一千年不死，死了一千年不倒，倒了一千年不朽！那些在大漠的树上筑巢的鸟儿，那些钻在沙子里的小小甲壳虫，它们又是怎样生存的？

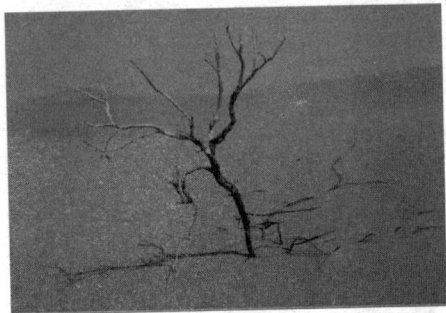

"大漠，没有海的深邃，却足以将整个世界淹没，没有山的伟岸却足以让无数涉足者却步！"我真心希望：经历了大漠豪情，看见了顽强生命的人，都拥有一种博大的心胸，一种悲悯的情怀，珍惜生命，感谢自然，尊重自然！

这里的沙子会唱歌，岁月如歌，其实是经历了这里的人，有了一种如诗如歌的情怀！

包头印象

清明时节的包头市，夜风微凉。路边的冬青、雪松好像依然在冬眠似的，无精打采地低着有点枯黄的头。倒是几株欲开的桃花，告诉人们春到塞外。没有想象中的天苍苍，野茫茫，风吹草低见牛羊的景象，野外是光秃秃的土黄色，没有一丝绿意！那绵亘的大阴山，以及以阴山为背景的广阔草原只能在想象里了。

今天的行程是在市区转悠，领略这草原钢城、稀土之都的风采。据说早在公元前 307 年，赵武灵王就在包头地区设九原郡。这里是沟通北方草原游牧文化和中原农耕文化的交通要冲。包头，是蒙古语"包克图"的谐音，意为"有鹿的地方"，所以包头又叫鹿城。居住着蒙古族、汉族、满族、鄂伦春等三十多个民族。

我们经过一番商量，鄂尔多斯大草原也是荒凉一片，去了也不好看，昭君墓等人文景点太远，于是选择了赛憾塔拉草原公园。它又名成吉思汗生态园,是全国乃至亚洲城市中绝无仅有的"城中草原"。面积770公顷,园长约4.1公里,宽2.2公里。是集生态、宣传、旅游、文化、教育、科研等为一体的多功能综合型草原生态园。我们坐车跑了好一会才到。

仿榕树搭建的门庭,古朴无华,来往游人不绝,只是依然没有绿色。那只能欣赏文化设施了。园区太大,我们还是决定不骑车或坐车,徒步前行。柯骏居然穿着脱鞋,他说在大门口附近等我们,就不走了,众人皆笑这偷懒的家伙!顺着水泥路面,我们首先看到很大的蒙古包,前面有成吉思汗雕像,这儿取名"蒙古大营",我们转悠了一会,遥想当年大营的风采,不愧是"一代天骄",气势果然恢宏!

继续前行,一个空地上有一群梅花鹿在自由地活动。有的在打架,有的在吃游人准备的胡萝卜,我们也前去逗鹿玩。在鹿城终于见到鹿了。玩了一会,我们向前方高高的有五彩经幡飘扬的高大石台走去,很多人在这里围着石堆顺时针转。看了简介,说这是敖包,要转三圈,才可以祈福。忍着脚痛,转吧,为了明天的幸福!我仔细看了,人家都在转!想起熟悉的歌儿《敖包相会》,这个地方的月亮会升起来,也一定会有小伙子在等待心爱的姑娘!

　　园中的一切建筑都是蒙古风情的,成吉思汗宫、蒙古大帐随处可见,但内部已经改造成饭店或其他游乐场所。一个空旷的路上,有几匹极其矮小的马在拉小车,主人热情招揽生意,这么小的马,怎么能忍心去骑呢!

　　这草原实在是大,步行不可能走完了。我们在一个碧波荡漾的湖边坐下来休息。这是一个幽静的场所,虽然所有的树木都是

王灵芝 ◆ 著

枯黄色，但也可以想象春来时这里也是花红柳绿，游人如织的，也许我熟悉的人曾经就在这块石头上沉思过……人远天涯近……

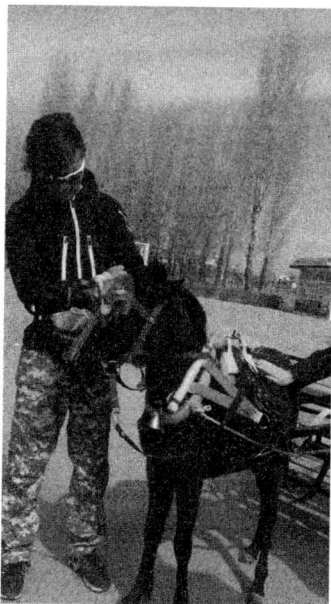

太阳已经暖洋洋地在中天，我们要选择有特色的饭店，美餐一顿，进了一家古色古香的当地饭店，吃货柯骏负责点菜，这里的牛羊肉又好吃又便宜，是百吃不厌的美食！喝的也是当地的酒，各样美食几乎品尝了个遍。

晚间回到宾馆，店主人说当地最有名的饮食是被称为"蒙古三宝"之一的莜面。莜面是莜麦加工成面粉后精制而成。莜麦生长在高寒地区，含有多种微量元素，且低糖、降压、降脂，还可以预防治疗多种疾病。面佐以各样的肉食蔬菜，是一种难得的美食。如此说来，怎能不去品尝？领队决定晚餐各取自由，我便和荔枝一块，先去找我喜爱的"土豆粉汤"品尝，然后又去找队友品尝莜面。都在一个颇有名气的面馆里。梁坤要的莜面怎么和我们平常的面皮一模一样？我和荔枝要了一碗凉拌莜面，是很好吃，就是太凉了。刚吃完，看见解姐和董哥要了爆炒莜面，分量很多，他们明显吃不完，拿了碗过去，他们热情地分给我们好多，这要来的莜面就是比刚才的好吃多了，韧劲、香滑，还有美味的羊肉片！回到宾馆各说美食，店家笑着说，梁坤吃的就是面皮而不是莜面，弄错了！

大家笑笑闹闹，吃饱喝好，开始取笑起柯骏来，有人总结柯骏三不走：第一，沙漠里鞋子灌满沙子，脚起泡了，不走。其二，一早城中草原，起床太早了，困，不走。其三，晚上吃得太饱了，撑的，不走!

当然来到草原城市,我们少不了买点特产带回去。我们都知道一句广告语:鄂尔多斯,温暖全世界。是说鄂尔多斯的羊绒制品,给人们带来温暖。在一个店里,领队梁坤仔细地给他父亲、母亲挑选羊绒衫的举动令我动容,这是一个年轻的儿子,不知道他娶妻生子后还会这么孝顺吗?但愿喜爱户外的男人,都有点东方男人的模样,不要让光耀千年的中国孝道文化失色!这也是我对梁队最为敬重的一点原因吧。

王灵芝
◆
著

西湖泛舟

一支支玉莲凌波水上
心里突然有了忧伤
烟波浩渺的湖面
抬头是骄阳
低首是触手可及的清凉

融身在荷花深处
文友们与之缠绵久久不愿离开
眺望一湖目不能及的苍茫

跃进去,跃进去
沦陷到不辨方向

清歌一曲
谁是这水乡最美的新娘
轻轻杨柳风
等待在水波上一圈圈荡漾

无需苏欧来
我只要你
身旁的笑颜如花
身后宽厚的肩膀

红木托起茶、禅、诗、酒、花

有一种情愫带着大自然的清香
有一种物质适合源远流长
有一种文化,从亘古缓缓走来
有一种传承走进有缘者的心房……

红木来自大自然，据说一棵红木树需生长五百年方可成材，这期间，它要经历五百个春秋的风吹雨打，霜刀雪剑。又要经过一番脱胎换骨的雕琢，方能制成精美的家具或工艺品。我喜欢去茶馆，轻轻地抚摸着光滑如镜的红木桌椅，就像抚摸漫长岁月里的忍耐与柔韧。邀三几好友，可品茶、可观书、可谈心，聆听一曲《云水禅心》，与久远的年代契合，唯有风吹过森林，唯有云略过心海……红尘已远，物我两忘……

捧一卷诗书，坐酸梨，卧紫檀，赏红豆，观沉香。一串佛珠也好，一个如意也好，哪怕一把小小的折扇，一柄轻巧的纸伞，便可意想出水墨江南，缠绵雨、青石巷、如烟的愁，如雾的念。

诚信赢天下，是一种承诺。是古徽商赖以生存而行天下的一种风骨。有缘认识了经营中信红木的王峰先生，应邀去观赏，立即被这禅意的世界所吸引。

美人如花亦如诗，美人如风亦如云。这红木屏风上绣的是古代四美图，杨玉环、西施、王昭君、貂蝉，美人在历史的长河里沉浮，宫闱云涌、金戈铁马，一朝春尽红颜老，花落人亡两不知。能到红颜老去的，也是极大的造化了。有人感叹:红颜易逝，那么把美人和红木结合在一起，是让人禅悟易逝与久远吧。

古人已远去，古风今犹存。鉴古怀今，拿起放下的是一杯茶，可以清心眼前，抛不开斩不断的是一首诗，可与时光并存。酒好像

【生痴绝处】

就是茶和诗的通道,手扶红木,闻其幽香,几杯清茶,几盏美酒,与古圣先贤对话,诗意盈怀,不亦乐乎。

但茶馆终究是茶馆,择几件可心的物件搬回家,或案几、或婚床、或小小的摆件。纱窗秋雨,焚一炷清香,悠然自来;清风明月,诵一阕诗词,风雅自来;红梅飘雪,泡一壶暖茶,良友自来;静品花香,寄一缕相思,爱人自来……

可静坐,细细审视红米的纹理,仿佛与一位饱经风霜、洞察世事的智者在交流。可清心,哪一样事物的存在不经历百转千回,风雨苦寒,能沉静成一种品质?

谁说梅花没有泪,只因冰雪还没寒透梅花蕊。置一枝腊梅与案头,寒梅风骨与红木的沧桑,对静坐的人又怎样的心理暗示呢?相信花草树木都是有灵性的,万物皆有缘法。感觉累的时候,就默默凝视红木,和它们来一场心灵的交谈。

王灵芝 ◆ 著

中国人爱红木,已成为传统文化的一部分,"取之为材,制之为器。视之抚之,藏之赏之。养人养身,养心养神。"我们爱它,是因为它的自然之美、文化之美、技艺之美。这份爱,之从骨子里透出来的。红木生长在深山老林里,历经数百年风雨,聚天地之灵气,人养红木红木亦养人。

红木有收藏的价值。它们一般造型典雅,样貌宁静致远,代表着人们对大自然的向往,对和平生活的渴望。人们行走山川,胸纳百川,万事万物,得之泰然,失之超然,收藏而常抚之,其实是一种怡性情的养生妙法。

红木具有内敛、平静的气韵。与红木接触久了,心境可以平静

下来。先不说心清，就连说话的声音也轻了，走路的脚步也轻了，那凡尘的欲望和意念都变得轻了。看人的眼光柔和了，处事的风格谦逊了，慢慢，慢慢，亲近自然，走进自然，天人合一，茶、诗、酒、花禅意地融合在一起，一切云淡风轻……于是乎，鹏程万里，云水禅心……

春风深处藏灵芝

刘三石

王灵芝 ◆ 著

　　王灵芝女士的新书《一生痴绝处》即将付梓，她约我写点我想说的话，她信任我，作为能谈天说地的好朋友，当然还是要答应的。

　　王灵芝已经出版过两部著作，分别是《关山相隔》和《面向珠峰》。这是两本非常有分量的作品集，其中收录了她的游记，散文，随笔，古体诗，现代诗，洋洋洒洒，甚是壮观。再加上《一生痴绝处》，灵芝就有了三本作品集，但这对于一个一边忙生活，忙工作，一边熬夜写作的人来说何其艰辛，但我想其中也是有"大欣慰"和"大快乐"的。作品得以结集出版，是对她本人的肯定和褒奖。所以，每当我静下心来读她的文章，总是让人沉思无穷，心驰万里……

　　我想我还是对灵芝的几本作品集说说我的整体感觉吧。

　　灵芝的古意与古典：在《关山相隔》的第一部分，她居然像章回小说那样，以对联做文章的题目，如"漫游石林惊奇秀，梦迴深山叹人间"等，真是个好主意。书的第二部分如"饱蘸秋风静读书""一轮满月天涯明"等等，都充满古典意向。不光题目好，文章的内容更是古意盎然，生动有趣。写亲情，写友情，写山川河流，一些古诗词被她信手拈来，经过转化再加工，便有了属于她自己的诗意，所用之处，总是那么贴切、合意。

　　灵芝的灵秀与灵性：灵芝是个灵秀高雅，而又心有灵性之人，她的文章也如是。每次静心去读,都能深切感受到文字之间那种行云流水,空灵澄澈之妙境。她的语言秀美而干净,用笔讲究而不矫情。小到一粒尘埃,大到一片沙漠,都能娓娓道来,极具画面感,这个画面是立体的,动态的,让读者有身临其境之感。特别是读她的游记《面向珠峰》时,你会觉得你不是置身度外的旁观者,而是在和她结伴而行,一路上她看到的你也看到了,她感受到的你也深有体会,她笑你跟着笑,她感动你陪她流泪,她写的仿佛不是她,而是你,令人啧啧称奇。"笔随意转,不亦乐乎"(灵芝语),是的,要把文章写好,除了勤写多练,恐怕还需要一点个人的天赋和灵性,人有了灵性,文章的气质和境界自然就会高人一等。

灵芝的悲悯与大爱:灵芝是个容易被感动的人。她笔下的一沙一石,一河一云都是有情感,有存在意义的。所有的描写与叙述都是为了抵达事物的内心。以小我见大我,灵芝一边行走一边感悟,她跑马拉松,去西藏,穿越库布齐沙漠,走遍古城小巷,也阅尽山川河流。每一次的远行都是用生命去体验,每一场刻骨铭心的记忆都让她感恩生活的赐予,每一回的劫后重生都让她变得愈加坚强。正是有了一路的悲欢经历,让她本就纯净的内心变得更善良,更辽阔。因此,她在字里行间深藏下宽容与豁达,悲悯与大爱,让每一个读到她文字的人从中去解构,去领悟。

灵芝的深度与深邃:"我不能让天空万物对我笑,那么我就先对着它们笑"在《佛国圣地,烟雨九华》里这句话深深感动我。灵芝聪慧,自幼会背唐诗宋词,大学学的汉语言文学专业,科班出身,后来为人师表,桃李天下,工作再忙,生活再操劳都不忘读书修行。一个对生命充满敬畏的人,命运也会敬畏她。灵芝的文字不浮躁,不做作,不故弄玄虚,不无病呻吟,总能于细微处见辽阔,于辽阔处见气象。丰富的生活经历,多次远行的历练,让灵芝的思想更有深度和广度,写的文章自然也充满思辨,格调高远。思想的深度,是文章的灵魂,犹如一道深邃之光,照亮每个黑暗的角落,灵芝做到了,而且做得很好。

　　灵芝的率真与开朗:在皖北作家群,当然也在群之外,灵芝为人率真,不掖不藏,不卑不亢,性格中的开朗和平和让她人缘很好,各行各业的朋友遍布天下。一个人的作品"好"与"不好"是和作者本人的为人处世,素质境界是息息相关的,灵芝的诗文能让大家叫好,那是她自己用心的造化。

　　写至此,窗外阳光正暖,花开正艳,灵芝发来她新写的几篇游记,都是她的真实经历和对生命的体悟,我对她的勇敢与坚强大为惊叹。佩服佩服!

　　想说的还很多,但考虑到她还有那么多的朋友为她和她的文章要"说话",我就少说几句,就此打住吧。

　　凡尘其中多磨难,春风深处藏灵芝,衷心愿她以心灵为笔,饱蘸这充满大爱的春色,谱写出更快乐,更幸福,更精彩的人生华章。祝福灵芝。

　　(刘三石,原名刘邦磊,安徽省作协会员,阜阳市作协主席团委员,理事,阜阳诗歌学会副会长。有诗歌发表于:《诗刊》《星星》《绿风》《诗潮》《诗歌月刊》《中国诗歌》《岁月》《安徽文学》《阜阳日报》《颍州晚报》等。2017年参加"安徽中青年作家研修班",2017年获得安徽省作协"金穗奖",阜阳市诗歌大赛第一届一等奖,第二届三等奖,"恋恋西塘"首届全国诗歌大赛二等奖等。出版诗集《老家刘庄》)

览尽奇绝自超拔

马路

　　无疑,旅游探险在王灵芝身上有着某种天然的冲动和神秘的召唤,乃至她往往勇于以一介柔弱之躯跋山涉水,寻幽探奇,让身体与精神在激烈的对抗中完成内心的期待,实现灵魂的自由。从这个意义上来说,她的每一次行动,每一个脚印都令人刮目相看。

　　这或许与她幼年的经历有关。父亲在甘南的碌曲工作,母亲到了那里,年幼的孩子也追随父母从皖北平原来到广袤空旷的甘南。有人说,一个人幼年的经历对于其成长历练、人格形成极为重要,甚至起着决定性的作用。王灵芝的人生经历完美地诠释了这样一种论断。甘南开阔了她的眼界,锻炼了她的筋骨,给了她勇气和力量,也同时给了她完全不一样的生活。在这里,大自然向她作出某种神秘召唤,工作生活之余,她用脚步丈量大美河山,心灵之城。尽管以后她又回到内地,但流淌在血液里的那种对于大自然的热爱、对于旅行的执着一刻也未消减,而且愈加深沉。她爬雪山、闯沙漠、涉险谷、临深渊⋯⋯珠峰、库布齐、武功山、太白山,当然也有烟雨江南、如画三峡、颍河春色、诗画徽州⋯⋯走过,或许只是一种经历,而征服,才是一种升华。

　　作为生活在同一个小城的同龄人,我对王灵芝的了解始于文字,而更深一步地建立起纯洁的友谊,则缘于她的率真的性格、诚挚的为人、广博的善心、执着的追求。或者可以这样说,作为每天与学生打交道的小学老师,她身上有文弱女子温柔细致的一面,而作为一个经历丰富的亲山近水的行者,她的性格中又有着自己坚强勇毅的一面。捧读王灵芝的游记,对于自然的向往扑面而来,对于生活的热爱和感悟令人动容。生活是人生最好的老师,而生活中的曲折和磨难只会让坚强的人愈加强大。王灵芝的童年可谓充满着幻想和灵动的色彩,而她的中年却又不无委屈与苦涩,然而这些,或许恰恰成了愈加坚强与达观的缘由。她热爱旅行,钟情山水,勇于探险,除了行走本身,什么都不能阻挡她前行的脚步,都不能成为她亲近自然的羁绊。而她笔下记录的旅程中的点点滴滴,是苦乐酸甜,也是生活本身,更是她心中流淌着的思想浪花。

"爬上九华峰,峰顶一棵松树三面凌空,感叹这生命的顽强,攀上石崖,与松树合影,天地之精神,坚强赋予万物。"——《佛国圣地,烟雨九华》

"看看身边的儿女,为女则弱,为母则刚,觉得有一种无形的力量在鼓励我前行,我有手、有脚、有文化、有思想,哪道坎迈不过去,只能说明我是懦夫!"——《同登彼岸》

当一个人全身心地投入大自然的宽广怀抱,他(她)的精神一定是与自然相通的,他(她)的灵魂也一定是与天地互为感应的。或者说,他们在某一个特定的时空比较接近甚至具备某种神性。人们跋山涉水,风餐露宿,固然是为了一饱耳目之欲,一浇胸中块垒,但又何尝不是为了达成某种精神与人格的磨砺与升华!王灵芝的山水之游恰在于此。于旖旎处则尽显母性的温婉低徊,于艰危时则保持足够的韧性与冷静。

面对红豆杉大峡谷,她倾情赋诗:"山高云低溪水清,笑观游鱼踏浪行。静听雀鸟唱山泉,不须伯牙奏琴声。"在细阳湿地公园,她独自沉吟:"宇宙万物,自有法则,没在灿然的季节里遇见你,那么将盛事留待想象,大片的空白,可以任意描画你风姿绰约的模样;将如今的苍茫在心底珍藏。只要心中有暖意,何处鲜花不

王灵芝 ◆ 著

盛开?"从无法完成的鳌太路线后撤,虽有诸多遗憾,但她依然能够保持客观对待:"归来有人劝我:你不是专业登山者,仅仅为了喜欢,就是登上珠峰,不能保全自己,又能说明什么呢?鳌太尝试了,强行穿越可能会付出生命的代价,这一切都没有意义了!"

古人云:"登山则情满于山 观海则意溢于海。"在这本书中,这样饱含哲思的心灵感悟和肺腑之言可谓俯拾皆是。"在大自然面前,我们必须有敬畏之心!大自然有时候不想被人亲近,我们还是不要挑战人的极限!"(《郭亮村》)

"对于行者来说,我们征服的不是山,而是给自己定的目标。不经过跋涉的艰辛,不会看到最美的风景。"(《一线天至七星潭》)

"泪水和汗水的成分相似,但泪水只能换来同情,汗水却能开拓新的历程。用眼泪去冲刷生活的酸楚,用时光来沉淀情感的纯正。坚守一份相识的美好,点燃心灯,去照亮未来的岁月。"(《让生命铭记这一回》)……

就我对王灵芝的了解来说,她的这些对于生活、对于生命的感悟绝非矫揉造作之辞,而是缘于她自身的人生经历。如今她的两个孩子都已学业有成,自己在文学的道路上不断取得新的成绩,这是多么令人感慨的生活啊!古人所谓睹物思情,托物言志,畅行天地之间,仰观俯察,又有何理由不一抒胸臆哉!

有人说,人生至少要有两次冲动,一是奋不顾身的爱情,二是说走就走的旅行。在我看来,旅行本身难道不是一场"奋不顾身的爱情"吗?疾徐行走之间,倾注的是山水之爱,收获的是心灵的慰藉。哪有年少不冲动,说走就走亦未必。寄身于喧嚣俗世,人们总是充满各种牵挂,计较各种得失,殊不知,最珍贵的是时光,最难得的是心境。当眼前的一切转瞬即逝,再要打点行装,慨然前行,那接续的一程,又如何能够弥补曾经错过的一程!

从这个意义上来说,作为王灵芝的朋友,我对她是充满着敬意的。尽管我也向往着诗和远方,却总为各种纷繁的俗务所挟裹,缺

【一生痴绝处】

乏她那种说走就走的果决和勇气。王灵芝喜欢探索，乐于交游，心存善念，行动果敢（在另一本书《面向珠峰》里，她详细记述了与朋友一道永攀高峰的豪迈壮举），她用自己丰富的亲身阅历充实着自我，扩展着人生，以致在她身上，让你看到的只有乐观向上，豁达开朗。大自然予她足够的磨砺与馈赠，她的内心同样保有更多的自足与感恩。在我看来，她一生痴绝处，无疑就是行走、感悟与思考。一个身体和灵魂一直在路上的人，她人生的图景也必将是立体的、无限的、生动的。正如她在这本书的后记中说：

"一路行来，繁华烟云，眼前山水，身边亲情，生活诗意，心中远方。人生已过坎坷路，依然有待去修行。这一生，说长不长，说短不短，愿始终保持一颗初心，能一直行走在路上，痴绝于山水、文字、人情，也算是另一种人生境界吧！"

作为她的读者，更作为她的朋友，我知道这本书是她的第三部游记，嘱我写后记，我欣然命笔，同时也在心里默默献上自己的真诚祝福：

善良的人，愿你有更好的山水；

勇敢的人，愿你有更远的旅程；

达观的人，愿你有更多的知己；

执着的人，愿你有更大的修行！

马路　2019 年 3 月 28 日于省一斋

（马路，字无缰，号省一，安徽太和人。安徽省作协会员。在各级报刊发表诗文数百余万字，有作品入选不同文集、选本及教辅教材。出版散文集《浮世清心》、诗集《坐在时光里等你》、报告文学集《浴火重生2》（合著），系安徽省作协会员，阜阳市作协理事，颍东区作协副主席，阜阳诗词学会副主席。）

在路上

若不勇敢,何来坚强?一条路走不下去,可以换一条路或换一种思维。真正感谢生活中的苦难,它往往会在你绝望的时候催你奋进、逼你自强。在做家庭主妇的十多年里成长了儿女,沉寂了自己。

2014 年开始真正意义上的走入山川。我和队友们穿越九华后山,在远离繁华的深山,我改变了心态:"我不能让山川对我笑,那么我就先对着山川笑"。你不是皇后,没有人会围着你转,那么你就要主动向别人伸出友好之手。先贤告诉我们,遇到问题要"向内求",而不是"向外求",想站起来做人,必须依靠自己的力量。

走出家门,看到广阔的世界,深切感悟生活有如此鲜亮的一面。自然山水,蕴含着生命里的神奇。在户外严酷的环境里,感受到的是人性最温暖最友善的一面,男人们会无私地帮助女人,这里有无尽的关爱甚至生死相依。在九华山,不认识的男队友,在险要处,伸手拉我,我应该是第一次抓住家人之外男人的手,那份感动一直想泪奔。在河南鲁山挂鼓楼,我尽全力爬上近百米的悬崖石壁之上,"随风"在上面接应我,他说"我抓你的手,你不要先抓我的手",那一刻,我被他悬空提上去,他抓住我就是抓住了我的生命!鲁山遇险,风雨中 25 人建立了生死相依的情感,大爱在生命面前漫延,我感受到了人性的温暖,从此爱上户外!

不能忘记风雨武功山，七八级大风，大雾中我们匍匐前进，从泥泞中爬了出来，团队合作，没有让一个人出事，看到了风雨中凌寒的红杜鹃，看到了月夜云海、清晨日出，不经历艰险，怎能见此美景？此地美到让美丽的收队感叹：若不此处生，枉做活神仙！南武功北太白。武功山去了，太白山自然要去看看。记得是西藏刚归来，玩吧组织去太白，我们五人成行，终因环境太严酷，时而大雨磅礴，时而风雪逼眼，气温太低而不得不放弃穿越。人在大自然面前必须有敬畏之心，要懂得随时势而变方能应运而生。

难以忘却穿越库布其沙漠。清明时节，到了包头市住宾馆，接待人看见我们的装束，大为惊讶：说当地人都不敢轻易去穿越沙漠，你们几千公里跑到这里，太厉害了。看了我们几位女士，竟然摇头说不可思议，太过强悍！严酷的沙漠没有让我们却步，却考验了我们的耐力、体力，让我体会到了此生难忘的浩瀚！看到了沙漠星空、沙漠胡杨、沙漠冰河、沙海日出……最后一天穿越，我如行走在刀刃上。由于我的鞋夹层里进了沙子，脚再也放不进去，鞋子不得不脱掉，拼命赤脚前行，只敢和队友保持一座沙丘的距离，不然浩瀚沙漠里只看见我自己，那份孤寂实在有点儿恐惧。赤脚走出来，好歹没有爬！直到现在我看见那双鞋就想头晕。但收获了坚强、友谊和自信！

户外行者，浩浩荡荡游三峡、游太行、游徽州……参加百公里毅行、马拉松长跑，游历青藏高原……一路行一路歌吟，我将对山川之爱、对文字之爱、对美好生活的向往融入我的文字中，便有了这一系列的文字。

偶尔将文字呈与朋友看，惊叹于我身体太好，跑得太快。但谁又会知道我在20多岁，剖腹产生下女儿的时候，因一些意外的变故，产后第十天我抱着几斤重的女儿，费了好大力气才跨越门坎，但腿发抖的无论如何我也下不了那楼梯的一个台阶！女人，生死关头走几回，唯有自强不息，才能为自己寻一生存之地。

王灵芝 ◆ 著

整理文稿时,朋友建议把西藏部分单列出来,就有了《面向珠峰》,余下的文稿,从南国的粉墙黛瓦到北国的千里戈壁,到库布齐沙漠。几千公里的跨度,风景各异;数千公里的行程,风俗不同。一路走来,遇到形形色色的人、各种各样的事,苦难也好,严酷也罢,都走过去了。徽州婺源之行,是本书中最美丽的一次旅行。婺源的美,美在它具有女人的风韵。但说这个"婺"字,便是一个左手拿着兵器,右手能文的女人。所以婺源的美是温婉柔情、文武兼备的女性之美。其实我们旅行在途中,不仅仅是为了遇见最美的风景,更重要的是一场心灵之旅。我们在行进过程中,会抛开生活、工作中的种种烦恼,让自己的身心慢下来,在与陌生人的坦诚相处中,在与大自然的和谐交融中,寻找到最真实的自己,让自己在滚滚红尘中拥有一份内心的平静和安怡。因为同行的人、美丽的花和村落,成了我心中最温暖的一次旅行。所以将这一本文集取名《一生痴绝处》。

一路行来,繁华烟云,眼前山水,身边亲情,生活诗意,心中远方。感叹人生已过坎坷路,依然有待去修行。这一生,说长不长,说短不短,愿始终保持一颗初心,能一直行走在路上,痴绝于山水、文字、人情,也算是另一种人生的境界吧!

感谢新安画派传人,80多岁的张仲平老先生为本书题写书名;感谢颍州名士于向洋先生为本书题写诗句;感谢在本书校对、出版过程中,所有帮助过我的朋友们!

感谢你们!

王灵芝

2019 年于颍州一道河

【一生痴绝处】

王灵芝
◆
著

　　一个人最大的魅力,就是骨子里有坚强,言行中有教养,交往中有包容,文字里有自信,心底里有善良!王灵芝女士是我见过的为数不多的既有思想见解,又才华横溢的女性。其实人生就是一种感受、一场历练一次懂得。人生的路上,没有人替你决定方向,心中的伤,没有人替你擦去泪光,经历了流年离散,体会了人情冷暖,风吹雨打知生活,苦尽甘来懂人生。她的勤改变了她对生活的态度,她的善改变了她的人生道路。她把握了自己前进的方向,不再彷徨,其实生活很美,灵芝就活成了悠然的模样。

—— 颍州作家肖炳华

　　读这里的每一个字,仿佛就是在读王灵芝女士的每一个足迹。这足迹里有山川挺秀,江河奔涌,大漠月色,晨曦雾霭……同时,我们也聆听到一位女性五彩缤纷的内心世界。

—— 中国音乐家协会会员高文献

　　读过灵芝的文字,眼前总浮现一个画面:一位健康,快乐,自强不息的女性,在周游的世界里,就是人世间最好的风景,一个女性安乐于心性的光明之中,她才能自由自在。那个喜欢用词语慰藉的女子,求得心灵的安顿,一定是常常带着坦诚,把微笑送给这个世界的真女性。

—— 颍州诗人董卫华

王灵芝是有着巨大生活能量和生活热情的作家。就像言之不足则歌，歌之不足则舞，旅行和写作是其热爱生活的一种方式。人在山河大地，只要有一颗爱着的心，虽经历风风雨雨，但那风也便是好风，雨也便是好雨了。且看她笔下生花，一路逶迤。

—— 太和作家文河

夜读灵芝的散文，如同轻抚她经历的时间和抵达的历程。一个标点就是她的一个脚印，一句语言就是她行走远方的诗情和背影。我羡慕她的激情一直伴随她的坚守。她的坚守就是她的痴，对文字的痴、对远方的痴、对红尘的痴、对真善美和爱的痴、对悲欢的痴。痴是旅途的倒影，在她弯腰俯首大地时，她一手掬月光，一手掬梦想——我能真切地听到，这些带着体温的文字背后，她虔诚的生活之音和来自幽秘灵魂的力量……

—— 颍州诗人张抱岩

一直以来，我认为，游记散文是一种透明如水晶的文体。对于王灵芝姐姐的游记散文，我特别喜欢拜读，一直是她忠实的粉丝。不管《关山相隔》，还是《面向珠峰》都让我不厌其烦地拜读。每次学习她的文字，都能被里面氤氲着的氛围打动，或古典，或字眼，或笔法，都是那么娴熟老道。我私下里静想，灵芝姐这个一直写散文的作家，她肯定成"精"了。因为我在此岸，已经看到她潇洒地泅渡散文的彼岸。以前，我也偶尔写点小散文，但是途中，我不断退缩，或藏在尘世的背面，或在别的文体里高歌。可是，我灵芝姐却能够心平气和，抒写那些平淡的日子，游走尘世。她把游走的所见所闻都倾注笔端，悠闲地用文字，描述自己游走的心态，将她的"游记散文"打扮得漂漂亮亮，这就是了不起的成功。记得孔老夫子说："智者乐水，仁者乐山。智者动，仁者静。智者乐，仁者寿。"灵芝姐也是这样做的，我特别佩服和敬仰她这位伟大的女性。

灵芝姐的语言，是成熟的，是传神的，是细腻的，是灵性的。她拥有的不仅是自己的风格，还有就是大胆奇特而又贴近的想象。她的这支笔，能写景，也能叙事；能咏物，也能传人；扬之有豪气，抑之有秀气，而即使在柔婉的时候，也带有一点刚劲。她能通过自己独到的笔墨，把持一片属于自己的文字蓝天。闭上眼睛静想她的游记散文，可以想出那些杂花生树，群莺乱飞，莺莺燕燕，袅袅娜娜，飘飘然然。

—— 颍州作家王瑞庆

明代文学家吴从先在其《小窗自纪》一书中有云："生平卖不尽是痴，生平医不尽是癖。汤太史云人不可无癖，袁石公云人不可无痴，则痴正不必卖，癖正不必医也。"吾友灵芝女士，痴于云霞之旅，癖于文学之梦。欣然而行，归焉则记。锱铢以累，美篇以成。人若欲医无痴、癖之症，是书绝为良方也！

—— 啸晚斋主人陈广彬

世间最美的，一是女子，二是文字。女子的美，悦目，文字的美，赏心。烟火供养靠俗世，灵魂动人靠知识。喜欢文字的女子，你裹挟一身诗意，曼舞红尘……

—— 利辛杨俊杰

人生就像登山，坎坎坷坷，跌跌撞撞都是在所难免。但是，不论跌了多少次，我们都会坚强地再次站起来。任何时候，无论面临着生命的何等困惑，抑或经受多少挫折，无论道路如何的艰险，无论希望变得如何渺茫，户外人都不会气馁，再试一次，成功一定属于胸怀天地的人！王老师一起畅游世界去！

—— 阜阳市登山户外运动协会会长王晓亮（毛领队）

认识王灵芝姐姐很多年了，作为一名户外爱好者，有幸和她一起走过很多地方。她始终展现的是一个乐观、开朗的东方女性形象，从跟她的接触中，你会感受到她的纯真善良和对生活的热爱，而这些人生态度也恰恰是她的旅行哲学。当拜读她的这部《一生痴绝处》的时候，很多地方令我产生共鸣。我能感受到她所追寻的那份自然的本真和人性的善良，她纯朴真挚的人生观更是跃然纸上。其实，旅行和文学一样，都只是载体，你会在不同的地方、不同的领域，通过不同的方式，感悟到生命的意义，希望这本旅行文学能给大家带来不一样的启迪，同时也祝愿灵芝姐姐像她的文字一样，一生开朗清澈。

　　—— 诗人、高海拔攀登领队、排练日乐队贝斯手梁坤